不起眼女主角培育法 1
丸戸史明=著
深崎暮人=插畫

「這算什麼萌系戰鬥類動畫啦～～～～～～～～～！」
澤村·史賓瑟·英梨梨
Eriri Spencer Sawamura

在春天的某個日子裡，
我與命運
相遇了……

「咦？感覺稍微有點萌哦？」
「企畫書，我瀏覽過一次了。」
霞之丘
詩羽
Utaha
Kasumigaoka

安藝
倫也
Tomoya Aki

30
加藤
惠
Megumi Kato

不起眼女主角培育法 1

丸戸史明

插畫／深崎暮人

Kadokawa Fantastic Novels

封面／彩頁／內文插圖：深崎暮人

Content

序章

「舞台是在從東京搭飛機約一小時航程的南方小離島……」

放學後的教室被夕陽西斜的餘暉照得通紅而蕭瑟。

「然後，那座離島的學校因為人口過疏化的關係，決定要和本島的名門女校合併……」

窗戶外面，傳來體育社團那些人空有氣勢的吆喝聲。

「所以故事基本上，就是從主角男扮女裝到那間女校就讀的部分開始……」

由於聽得見那些細微人聲，顯得格外安靜的室內正響起我解說的聲音。

「而在主角身邊，還有個從月球來的公主到家裡寄宿……」

隨著我慷慨激昂的心，解說聲靜靜地擴散開來。

「我剛才漏講了，不過在這個世界還有『神界』、『魔界』以及『人界』同時共存……」

「欸……」

「還有，科技也相當進步，主角家裡就有三台女僕機器人……」

「我說啊……」

「在這種情況下，主角為了保護自己的社團，毅然決定參加學生會選舉……」

「你停一下……」

「啊，另外所有的女主角都各有一項擅長的武術……」

「可以閉嘴了啦～～～～！」

「唔哇，不要叫得那麼大聲啦。會對周圍造成困擾吧。」

由我細細道出的沉穩話語，突然毫無道理地被人用粗魯的大嗓門蓋過。

「你那張嘴停都沒停地用大音量在教室裡談了三十分鐘以上莫名其妙的空想，還敢提困不困擾？」

「原來過那麼久啦……？」

往時鐘一看，感覺短針確實比之前多走了十五度左右。

啊，我是屬於從大局來掌握事情的人，所以對長針的變動沒興趣。

「反正我要回去了。花在這裡的時間真是徹頭徹尾、無與倫比、完完全全地浪費……」

「呃，妳等一下嘛，冷靜點。我話還沒……」

「我才在想，你幹嘛毫無預警地突然找我在放學後講話，結果你就秀了這份只有封面的企畫書、逼人聽莫名其妙的演講、而且還拉我參加內容無法理解的社團，這樣我當然會想發飆啊。」

「就是因為我毫無預警地突然約妳在放學後講話，妳也大搖大擺地過來露面，所以我才覺得有希望啊……」

「唔……我的腦海正從各種意義上閃過『後悔』這個詞，拜託你不要冷靜地吐槽。」

「是喔？」

直到剛才還在我眼前大呼小叫的女生，捧著腦袋微微低了頭。

於是，表面上對那傢伙來說堪稱註冊商標的金髮，沙沙作響地從肩膀上滑落。

那工藝品般的金髮、白瓷般的肌膚，只要是初次見面的男性，目光肯定都會瞬間被吸引。

有著英國人父親和日本人母親，在日本長大的同學。

澤村・史賓瑟・英梨梨。

「就根本來說，你啊，像以往一樣當個消費型御宅還讓人看得過去，但什麼長處都沒有卻突然說要製作遊戲，你是不是把社會想得太簡單了？」

平時有如千金小姐般的嬌貴言行，在班上自是不提，連全校都公認她為美少女，但只要撕開偽裝就有這般猙獰、激情、又偏執狂熱的本性沉睡於底下。

「明明自己什麼都不會，卻打算隨便召集幾個人來製作遊戲賺一票，你這樣就叫作同人投機客喔。正是你最討厭的那種分子，懂不懂？」

「說那什麼話！我有這滿腔的熱忱，幹勁也比人高一倍！換句話說，少了我就不會有這個企畫，更不可能將遊戲製作完成！」

「那還用說，又沒有其他人想參與製作。」

「啊，妳別名副其實地把我的企畫『搓掉』，那是我花一個晚上好不容易才寫出來的……」

「光寫名字、日期、還有同人美少女遊戲企畫（暫定），為什麼會花掉一個晚上啊？」

「睡了十一個小時，可以利用的時間自然所剩無幾嘛。」

「這是要我從哪裡開始吐槽……你喔！你喔！」

「啊，啊啊……真過分。」

從一年級就在展覽會得獎的美術社精英。

擁有罕見繪畫才華的人。

如此受到吹捧的這個女生，在學校裡含我在內，只有極少部分的人知道她的「真面目」。

嗯，把這當成「只在我面前展現的另一面」，陶醉在這種優越感裡……不過我的修養還沒有好到這種程度。這個女生真的很糟糕喔。

「你這種人事到如今才想站上檯面，還早了十年呢。」

「『事到如今』卻又嫌早？還有，製作同人美少女遊戲算站上檯面嗎？」

「唔……你只要照以往那樣繼續看美少女動畫，然後買來推廣就行了啦。」

「妳……妳再說下去，『自治會的獨斷』ＢＤ最後一集就不傳給妳囉？」

「就是因為你有時候會養肥別人胃口，到最後卻突然拆臺不讓人看完結局，我才會罵你差勁啦！」

「不……不對吧，剛才那只算是吵輸不服氣才威脅妳，我之前又沒有那樣做過……」

原來她這麼期待那部作品啊……

話說回來，「拆臺」是普遍會用的比喻嗎？

「總之，再辯下去也沒用。我光是忙自己的事就忙不過來了，實在沒有空陪外行人弄無聊的消遣。」

「只要幫我作第一女主角的人設就好了啦……還有順便也接下幾個附屬女主角的設計、外加所有角色的原畫……再附個含背景的上色當作優待……」

「不要用二次曲線的形式增加委託內容！你當成是哪裡出的友情稿ＯＮＬＹ同人本啊！」

「妳以前碰過什麼經驗嗎……？」

如此這般，教室裡掀起沒得商量而無益的爭論……

「你們兩個冷靜點。」

「唔……」

「學……學姊！」

感覺像在不知不覺中，誤以為教室裡只有兩人……有陣略微低沉的冷靜嗓音，拂過我們兩個的耳朵。

沒錯，談這次企畫的對象不只英梨梨。

料到會有人抽身而先找好同伴助陣的我，將在談判中逆轉取勝……

「嗯，這次的事情，很遺憾地我也贊成澤村的意見就是了。」

「學……學姊～～」

我還以為找來的幫手會扭轉局面，結果卻是一面倒地替優勢的那邊說話，日本人偏袒弱勢族群的習性究竟到哪裡去了……

「欸，倫理同學。」

「我叫倫也……」

趁我的名字出現，把握機會作個自我介紹。

安藝倫也。

豐之崎學園二年級學生。

還有，從昨天起個人檔案要多加一筆：同人美少女遊戲製作社團（名稱未定）總召。

「你的企畫書，我瀏覽過一次了。」

「那種挖苦人的話就不用了。所以說，不用特地攤開來啦。」

學姊將英梨梨搓掉的紙團細心地攤開，然後撫平皺痕。

儘管她明知攤開來以後，只會冒出字型格外大、字數極端稀少、空有標題的企畫書（封面）

而已……

「換個說法，我在剛才的三十分鐘裡，也大概明白你腦袋裡在想什麼了。」

「好厲害，坦白講我自己完全搞不懂。」

「嗯，你昨晚十點鐘左右在被窩裡的思想就是：『雖然什麼都沒規劃，不過走一步算一步總會有辦法吧～～睡覺好了～～』我說的明白是指這件事。」

「妳還是這麼狠耶～～」

「因為我看不慣你那種將錯就錯的態度。」

一路談來始終冷靜，但是又口無遮攔，程度失當的毒舌。

極具光澤的黑色長髮；由於幾乎不改表情，而定型為客觀美女形象的容貌。

比我和英梨梨大一歲的學姊。

霞之丘詩羽。

「總之，即使將口頭補充的部分算進去，以企畫來說該評為0分吧？」

「喔喔。」

「再說這看起來，不過是將似曾相識的元素東拼西湊罷了。」

「唔咕。」

「你八成只是將最近玩過的作品隨便串連在一起，對不對？」

「可……可是正因為隨便串連了各種類別，我覺得內容變得挺前衛的啊……」

「對呀，煮出來的不是什錦鍋，而是亂添料的黑暗大雜燴。」

「唔……唔呼。」

「還有我的意思，就是要你別將錯就錯地挑明『把各種類別隨便串連起來』這一點。」

與其說程度失當，應該說是非常毒舌。

與激動型的英梨梨不同，（聽起來）相對理性的話語格外傷人。

「可……可是，這項企畫是只有我才……」

「我倒是從某位編輯那裡聽過……據說表示『只有自己辦得到』而帶去討論的企畫，可從來沒有出現過像樣的例子。」

「咦……？」

「還有這似乎是真人真事喔……有一天，某間遊戲公司收到一份毛遂自薦的企畫書。企畫者本人號稱那是『前所未有的新機軸』、『玩家真正盼望的作品』、『業界雖廣，但能夠實現這項企畫的只有他自己』，總之讀下來全是自吹自擂。」

「是……是喔～～」

糟糕，我覺得那些話自己剛才全部說過。

「結果掀蓋一看呢，裡面有『早上會來叫人起床，體貼的青梅竹馬』、『爽快乾脆的短髮運動型少女』、『文靜乖巧卻黏著主角的妹妹』、『類似靈魂的神祕少女』，還有『趣味橫生的角色互動』、『男女主角開始交往以後的甜蜜刻畫』、以及『在末盤急轉直下的劇情和奇蹟帶來的救贖』……」

「啊啊，夠了！不用再說了！」

好誇張，光聽這段說明我就能馬上聯想到五款以上的遊戲名稱，還真夠嶄新的機軸。

「嗯，就是這麼回事囉。」

詩羽學姊用了區區三十秒，就將我的三十分鐘批評得體無完膚，然後她輕輕將手擺到我的肩膀。

「既然倫理同學難得想認真在御宅族圈子辦活動，我實在沒有理由不否認自己並非全無意願幫忙。」

「冷靜歸納起來，妳說的就是不想幫忙對吧？還有我叫倫也。」

從一年級時就從來沒有掉到學年第一名以外，學校裡頂尖的才女。

偶爾心血來潮也會替話劇社寫劇本，擁有罕見文筆才華的人。

如此受到敬畏的這位女性，在學校裡包含我在內，同樣只有極少部分的人知道她的「真面目」。

嗯，把這當成……不管了，這個人也同樣很糟糕。

「慢著……你們不要擅自沉浸在兩人世界裡啦！」

「妳身邊的世界總是對我這麼苛刻嗎？」

於是乎，隨著金色髮梢從旁掃來，英梨梨的尖銳舌鋒又扎進我心裡。

「哎呀，澤村妳還在啊？我還以為妳早就拋下他回去了。」

「什……」

於是乎，雖然不知道那是什麼本能，防衛過度的詩羽學姊犀利無比。

「說來說去，澤村真的很體貼呢。我並不討厭妳那種個性喔。」

「可是我討厭妳那種個性。」

「基本上，先沉浸在兩人世界的又是誰呢？」

「對啊，明明是我先表明不參加的，妳別搭著別人的話鋒打落水狗好不好？」

「澤村，妳真是不計一切呢。」

「啥？我聽不懂妳的意思！」

「慢著……妳們不要擅自沉浸在兩人世界啦。」

我總覺得，這兩個人未免太合拍了。

當然，是以某種意義而言。

「話說回來，為什麼大名鼎鼎的霞之丘詩羽，偏要出現在這裡？」

「基本上我也是這裡的學生，就算出現也不用大驚小怪吧。」

「妳明知道我問的不是那個意思。」

「妳就這麼喜歡兩人獨處？是有抱持著什麼奇怪的妄想嗎？」

「先告訴妳，我才不會陪妳玩那種無聊的心理戰。」

「全身劍拔弩張還說那種台詞，可是很不體面的，澤村。」

「我只是隨時都活得全力以赴！」

「都勸過妳了，別那樣把門摔壞。」

「才沒壞！只不過是聲音大了一點而已！」

「唔……喂！停一下！妳們兩個停一下！」

我這句拚死的哀求聲，被音量凌駕其上的怒罵聲和摔門聲所掩蓋。

她們兩個一面談論我的事、一面無視我走了出去。

也太本末倒置了……

「啊，呃……唉～～～～」

被擱下來的我，這才大大地發出嘆息。

畢竟我接下來，原本還想拜託詩羽學姊接下第一女主角的對話樣本，順便也設計一下附屬女主角的情節大綱和全部角色的劇情……然後再來個優待，連遊戲演出的程式碼都一起包辦，結果

我的野心就這樣泡湯了。

物理方面所剩的，是皺巴巴地攤開在桌面上的A4紙一張，還有孤伶伶的我。

一小時前的企畫、拚勁、希望都被輕易地破壞，精神方面僅剩廢案、虛脫、以及絕望。

無論怎麼想，都只能用「完蛋」來形容這個狀況。

所以，只要死心就行了。勇敢毅然地知難而退就行了。

這本來就是單純出於心血來潮的計畫。

當中並沒有賭上人生或死活一搏的要素。

所以，感想只有一句：「沒辦法。」

可是……

「我的戰鬥，才剛開始而已……」

人類越是被逼到絕望的處境，才越是鬥志旺盛吧。

……雖然會把角色逼到絕境而覺得萌的，只有重度S作家而已，不過那又是另一回事了。

志在新機軸的企畫砸鍋、人力聚集不了、社團成立忽然觸礁。

目前這種處境根本毫無新意。

說起來，這種處境活脫脫就是最穩當的橋段。

雖然俗套，故事依然會由潦倒走向重振。

沒錯，俗套得光是將老故事一翻，就能在瞬間想到五部以上的作品標題。

然而那五部以上的作品，都是至今仍歷歷在目的名作。

所以即使再怎麼重覆，再怎麼老掉牙，好橋段就是好橋段。

「好！」

我用力握拳，再次找回昨晚睡前的衝勁。

然後，我讓心思徜徉於即將從明天開始的孤軍奮戰……

「真遺憾耶，大家都不肯幫忙。」

「……對喔，還有妳在。」

「那個，你原本不是說要製作以我為女主角的遊戲？」

「抱歉抱歉，我直到剛才都忘了。」

「嗯，我了解。安藝，你是真的忘了吧。」

再說聲抱歉，稍微作個訂正。

是我「們」的戰鬥剛要開始，這樣才對……

「不是啦，加藤，誰叫妳在她們面前都不主張自己的存在。」

「因為氣勢就不一樣嘛。她們兩個又都是學校裡超有名的人。」

「嗯，話是那樣沒錯。」

「對了，她們兩個完全沒有問我的名字耶。」

「哎呀，最初是有對妳瞥過一眼喔。雖然就只有那樣而已……」

「不過安藝你好厲害耶，認識的不是別人，居然就是澤村同學和霞之丘學姊。而且看起來又和她們滿熟的。」

「…………」

她對於自己被遺忘到剛剛的事也沒多抱怨，語氣徹底普通地和我聊起稀鬆平常的對話。

以視覺上來說嘛……呃，就像外表上看見的。

明明已經在同樣的學校，也一起就讀一年以上，卻讓我到上個月之前完全沒有留下印象的同學。

加藤惠。

……嗯，會對她印象薄弱，也有可能是名字所致，嗯。

「那麼事情也談完了，差不多可以回去了嗎？有個地方我想去一下。」

「……妳好淡然喔，加藤。」

「可是我覺得這樣很普通啊？」

「普通就不行吧。妳要當第一女主角耶！在美少女遊戲裡面。」

「對了對了，我在遊戲裡改個名字是不是比較好？因為加藤惠聽起來挺常見的。」

「別自己承認啦……」

我又從堪稱名作的眾多故事中，想到一項理論了。

那就是任何作品，都有著隨時讓人想得起名字和外表，又極具個性和魅力的女主角。

有說法認為，一篇故事只要角色鮮明就等於贏了九成。

這也代表，角色要是致命性地不夠鮮明……

「我要鎖門囉？」

「……喔。」

哎呀，反正，戰鬥才剛開始而已！

重下決心以後，我又握緊拳頭。

握力感覺沒有之前強，這肯定是心理作用吧。

畢竟這是敘述我……不對，這是敘述我安藝倫也、以及加藤惠每日奮戰的故事。

將這個像「朋友Ａ」的同學包裝成第一女主角，然後製作出故事的一段奮戰歷程……

「呦咻……嗯～～感覺這樣應該就行了。」

「怎麼啦，加藤？」

「啊，沒有啦，門好像有點壞掉。要把它修好才可以。」

「……妳將來也要讓自己變成負責摔壞門的那一邊啦，那樣角色比較鮮明。」

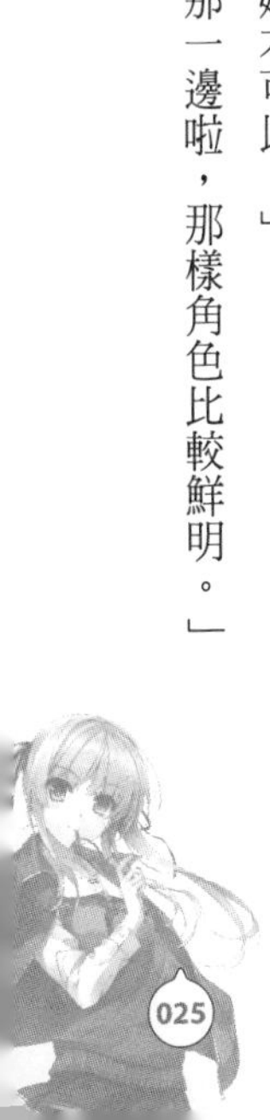

第一章 旗子這種東西，不去留意就會折斷的

「早安，山口叔叔。」

「喔，這次是送報啊？阿倫你真勤快。」

「因為下個月要出《皇國的葛萊恩》的藍光ＢＯＸ嘛！只有初回版才附黏○人模型，我也豁出去了！」

「……你說起那些行話術語還是一樣有夠自然的耶。我一句也聽不懂啦。」

「那我下次再向你推廣，先準備個播放器吧，掰囉～！」

和附近熟識的鄰居簡單打完招呼，我一口氣踩下腳踏車踏板。

接著，順路拐向左邊並且加速一陣子以後，就會來到令視野豁然開朗的急轉彎下坡。

別名偵探坡。

去程好比綠洲、回程則像通往沙漠，長達三百公尺的短命坡。

另外取名的原因，其實是出自小學生對坡道中間寫著「坂下徵信社」的某塊招牌，所寄予的好奇心。

「唔喔喔喔喔……」

來到坡道入口，從背後颳來的強風瞬間多推了我和腳踏車一把。

春假也過完一半，從明天起就是四月，早晨的空氣也已經不會感到寒冷。

沿路櫻樹的花瓣翩然飛舞，更讓人覺得格外溫暖。

被那般怡然的風從背後推著，車輪在斜度忽然變陡的下坡飛快加速……

「喔喔喔喔喔……呼！」

……趕在暴衝之前，這會兒我又用全力握住兩手握把，讓車輪急劇減速。

「行人確認完畢、來車確認完畢、速度確認完畢……全部確認完畢！」

減速暫停並用手指確認。

然後才沿著路肩，重新緩緩地騎下斜坡。

畢竟社會對於腳踏車的批評聲浪，從去年左右就變得很誇張。

到了現在，已經不能像小時候那樣騎車和汽車比快、或者壓車用全速過彎，諸如此類的刺激和飆速快感在街上都沒得享受。

不過……

「規定就是規定嘛，嗯。」

我並不想老氣橫秋地抱怨「這年頭日子真難過」云云。

我自己跌倒或摔飛出去是不要緊，但偶然在場的行人要不要緊就難說了。
嗯，就當作躋身大人的行列，這點事忍一忍海闊天空。
再說，騎得和櫻花花瓣飄落的速度一樣慢，也和這個季節的逸趣相當契合，感覺挺不賴的。
「唔喔，風和日麗，好溫暖……」
除了握著煞車的兩手以外，我放鬆力氣茫茫然地仰望天空。
天空早已春意盎然，亮藍色裡曳著雲朵的白，粉紅花瓣散落其間。
還有比冬天強了些的太陽、以及黎明前未完全隱沒而變小的月亮。
另外，就是比太陽和月亮更大又更近，迅速掠過眼簾的圓形不明飛行物體。
「……耶？」
比太陽和月亮更大又更近，迅速掠過眼簾的圓形不明飛行物體……
「不……不會吧！那是UF……O。」
我驚呼的話語還沒說完，那道飛行物體在我眼前咚地一著地，就自個兒順勢沿著坡道滾下去了。
滯空時間再久一點會比較有風情，那樣才好。
「帽子嗎……？」
驗明正身的滾動物體看來並非大紅色草帽，而是白色貝雷帽。（註：大紅色草帽是影射漫畫

《古靈精怪》裡，男女主角相遇時紅草帽被風吹跑的場景）

原來如此，以不明飛行物體而言，它迎風的面積和扎實度不夠，所以飛得不遠。

呃，顏色倒沒有什麼關係。

於是，當我正沉浸在相當無關緊要的感慨時……

「啊，啊啊啊啊啊～～！拜託，等我一下～～～！」

有陣聲音順著不知不覺中變強的風傳了過來。

「咦……？」

霎時間，我的身體自己作出反應了。

雙手使勁，將煞車緊握得連肌肉都隆起；脖子使勁，向後方轉得幾乎要抽筋。

這大概是為了親眼確認，從坡道上傳來的悅耳、澄澈、而又響亮的嗓音主人是誰……

「我的帽子～～～！」

「啊……」

回頭望去的坡道上。

有一個不知所措地杵在那裡，和我年紀相仿的女孩子。

而眩目地闖進我眼底的，是白淨洋裝、白皙大腿、和白色的……

呃，顏色倒沒什麼關係，大概啦。

她朝著全無停止跡象而順暢地滾落坡道的帽子伸出右手，左手則掩住隨風飄曳的秀髮，這就代表沒有多餘的手可以按下裙襬。

……唔，反正不管怎樣，那頂帽子的主人就在那。

「滾下去了……啊。」

「啊……」

然後當她將目光從遠處的帽子挪回近處時，自然會與位在視線上的我四目交會。

依舊一臉困窘的她，這下變成交互地望著我和帽子。

「妳稍微等著！」

「咦……？」

那個女生的目光訴說著什麼，我看不出來。

不過算了，現在只能照著急劇演變的局面……搭上這波巨大浪潮！

「唔喔喔喔喔喔喔喔！」

所以我朝著下坡，使勁踏起腳踏車的踏板……

「喔喔喔……停停停停，喲咻。」

重新考慮過以後，下了腳踏車的我將腳架細心地立好……

「再次出發唔喔喔喔喔喔喔喔喔喔喔～～！」

我改用兩條腿全力衝下去。

這樣做會讓速度和帥氣度下滑，不過沒辦法。

因為，這才是符合這個國家交通規則的正當追趕方式。

儘管全力衝刺也很危險，但用腿趕路大概就不會被視為違規了。

弱勢行人萬歲。

※　※　※

當晚……

過了十二點，跟往常一樣，用來錄動畫的兩台硬碟式錄放影機正發出低鳴聲運作，不輸給機器廢熱的鍵盤熱情敲打聲也在房間裡響著。

標題：

　未定

作品概念：

邂逅、情意、以及閃光戀愛的故事

「……最後的『閃光戀愛』會不會不太協調？」

我被今天早上那段「命運性」的邂逅煞到了。

不輸給現實的故事性，點燃了我的創作意欲。

……熱情渾身高漲，使得我無法不擬稿。

「不對，不把對閃光戀愛的刻劃當作賣點，美少女遊戲的意義又在哪裡？」

結果在那頂帽子滾落大馬路的十幾公尺前，我勉強挽救回來了。

趕著跑下半截坡道的她，則向我鞠躬答謝好幾遍，感激得連我都忍不住開口打斷：「不用謝了啦。」

手肘擦傷破皮的疼痛感，讓我有點自滿。

序章：

在春天的某個日子，我與命運相遇了……

和煦陽光灑落，溫暖的風吹過，櫻花花瓣飛舞的長長坡道。

還有，佇立在坡道上的一個女孩子。

不知道名字，也沒見過面的女孩子。

新際會的預感令胸口雀躍不已，就是那一瞬間……

我在那時候，陷入了第二次的戀情。

是的，我不小心又戀愛了。

我無法停止喜歡上別人。

哪怕會傷到自己，哪怕會傷到對方。

哪怕兩人的感情無法如願……

如此這般地，新學期伴隨著似乎會發生什麼的預感而開始。

「……是不是寫得太瞎了一點？」

在那之後，我們肩並肩地走了一陣子，回到停在坡道中間的腳踏車那裡。

不過，後來我就搭著腳踏車騎下坡道；而她則是直接沿著坡道走上去，回頭朝原本的方向離開。

其間我們連話都沒有講過幾句。

彼此既沒有報上姓名，也沒有作什麼約定。

「不，開頭瞎比較能引人入勝嘛。要誤解就誤解吧！」

但是呢，這樣就好。

不對，就是這樣才好。

畢竟像這種故事，就是要讓看似已經斷掉一次的緣份，又陰錯陽差地接回去，才會使劇情性發光發熱。

好比對方在新學期轉學到自己班上，正是一例。

或者說，彼此的父親敵對，讓兩個人受到愛恨波濤的擺弄。

之後更發現，兩個人其實是同母異父的兄妹，衝擊性的真相讓整件事剪不斷理還亂……

……先不管閃光戀愛在區區幾秒內跑到了其他次元，反正劇情性就是這麼回事。

本作的主打賣點：

青澀而令人為之心急，內容害羞到渾身發麻。

由這般青春生活交織而成的純愛ＡＶＧ電子小說。

「……喂，這下又超出瞎的境界，變成中年大叔腔了啦！」

話雖如此，這種近乎異常的積極性，以往從沒出現過。

彷彿過去沉睡著的熱情，一口氣噴發了。

自己上次冒出這麼熱切的心情，是多久以前的事？

啊啊，大概是廢寢忘食地對《戀愛節拍器》瘋迷的那時候……

「再怎麼說，都不能用『青春』這種字眼啦。又不是搞笑遊戲。」

……也才一年前啊。

本作的主打賣點：

青澀而令人為之心急，內容害羞到渾身發麻。

由這般日常日子交織而成的純愛ＡＶＧ電子小說。

※附記：這部分有待商榷。

「日常日子……喂，這在字面上有累贅吧？」

像這樣，我的遊戲企畫製作，一直持續到硬碟式錄放影機錄完節目的深夜。

……隔天的早報，晚了三十分鐘才送達各戶人家。

進入四月的第一天。

然後，也是起草情節大綱的第二天。

角色設定：

女主角Ａ（姓名未定）

第一女主角——在櫻花飛舞的坡道上遇見的少女。

「……都特地提到櫻花了，在設定上試著將這項要素多運用一點，也是可行的吧。」

我不感厭倦地面對企畫書奮鬥，在為故事構思女主角的同時，我今天也回想起現實生活中遇見的那個女孩子。

和目前大綱裡寫的角色設定一樣，我想著既不知道名字、過去也沒見過面的她。

出生後始終住在這座鎮上的我，以前都沒有見過對方，所以她大概是這陣子才搬來，或者純粹是碰巧路過那裡吧。

白色洋裝搭配白色貝雷帽。

還有用手按著隨風飄曳的頭髮時，所露出的那副表情……

其實，我不太記得她的臉。

看來應該是見面的情境太過鮮明強烈，所以最要緊的長相我才沒看清楚。

雖然白色我還記得……

呃，反正顏色沒關係啦。

不是啦，我是指洋裝的白色。

角色設定：

女主角Ａ（姓名未定）

第一女主角——在櫻花飛舞的坡道上遇見的少女。

坡道頂端，有棵獨自綻放的高大櫻花古木。

她受到那棵大樹的詛咒束縛，永遠以櫻花精靈的身分活著。

主角小時候，曾和她許下約定……

當那項約定被履行，而讓她的願望實現時，詛咒就會解除。

到時，她的存在也將從所有人的記憶裡消失。

「……總覺得以音樂術語而言，有種回到開頭（da capo）的感覺，是心理作用嗎？」（註：「da capo」是指樂譜中重回開頭演奏的記號。在此暗指已有類似角色設定的同名美少女遊戲《初音島》）

像這樣，我今天已經好幾次迷失於思考的迷宮中，企畫的部分根本沒有進展。

得從明天挽救回來才行。

月份改變的第二晚。

感覺快要聽到新學期腳步聲的時候。

故事概要：

　未定

「糟糕，每個網站都把愚人節的梗收掉了。這下只能乖乖找有懶人包的網站啦。」

今天也多了兩行進度。

四月三日。

「春季動畫從今天開播嗎……總之就先即時收看每部作品的第一話吧。」

雖然看了三部，總之最後看的那部我已經決定棄追了。

四月四日。

「從明天起就是新學期嗎……結果，今年春假什麼也沒做。」

算了，現實往往是這樣。

※　※　※

「欸，倫也，你那邊有《琥珀色協奏曲》吧？」

「你是問……《琥珀色協奏曲》？」

同班同學上鄉喜彥來跟我搭話，是在課程告一段落，我正想打開置物櫃準備回家的三點半左右。

「對啊，那在今年出的美少女遊戲當中據說是相當不錯的佳作，原作又是成人遊戲，我想你一定有在關注才對。」

「……有又怎麼樣？」

「借我嘛。反正你早就玩到結局了吧？」

而且，在我急著回去看昨晚錄好的動畫時，特地攔住我的那番說詞也未免太不討人喜歡了。

看來在這傢伙的認知中，只要是風評不錯的成人遊戲改編成家用美少女遊戲，我這個人就會照單全收，而且還是一上市就買。

「誰管你。要玩那款遊戲你自己去買。」

「我和你又不一樣，我沒有錢嘛。」

唔，雖然我是買了啦。

在發售日當天的早上十點。

連初回限定版原畫集&五片裝原聲集共九千八百圓，總重一．八公斤。

在各店家的特典贈品公布齊全那天，我苦思許久選好店家以後就立刻下訂了。

順帶一提，玩到結局以前我哭了四遍。

「拜託，我會有錢，是因為我為了買遊戲和動畫拚命打工，你別把我的目的和手段弄錯。」

畢竟我們家裡，老爸是中小企業上班族，而且是屬於連房屋貸款要留到我這一代都綽綽有餘的中流家庭。

這和父母都到國外出差，還獨自住在大房子、又不用為錢傷腦筋的美少女遊戲男主角可不相同。

「什麼嘛，我還以為倫也你有買。」

「基本上就算我有買，借貸遊戲也不成體統。至少也該約好來我家裡玩。」

「才不要，你會一一解說，感覺超煩的。」

「那是場地和軟體提供者的權利吧。有伴可以討論同一部作品，是多幸福的事啊……」

「你上次不就在我玩到結局以前先破梗。」

「……那件事真的是我不好，你就忘掉吧。」

喜彥的話，犀利地將我沒自覺的偽善特質挖了出來。

人類確實會在不知不覺中，深深地傷到別人呢。

身為御宅族，破梗是最差勁的行為……程度不遜於拷貝或在網路散播檔案。

「不提那個了，你去問別人吧。我這邊真的沒有。」

「真的假的～秋葉原的貨都被掃光了，網路上又到處是破萬的價碼，就算想要也弄不到手啊。」

「所以我平時就一直苦口婆心地叫你要預約訂貨吧。預訂量要是不夠，店家也不會向廠商下單啊，就算事後再怎麼抱怨買不到，也只能說是自作自受。」

「你幹嘛一副像是遊戲業者打手的口氣啦！」

呃，其實他要是早一天和我開口，東西就能借得到。

……但是那樣的話，我不知道自己之後會被咒罵成什麼德性就是了。

「好啦，就這樣囉，你快回家吧。明天見。」

「你不是也要回去？到車站途中一起走吧？」

「啊，沒有……那不太方便。」

「對了，既然有這個機會，接下來可不可以陪我繞幾家店？你不是很擅長找缺貨商品？」

「行，包在我身上！……啊。」

「就這麼決定。倫也，那你也快點準備走了啦。」

聽到那種「找我就找對人了」的邀約，我不由自主地就被牽著鼻子走了……

仔細一想，我現在不是應該正在玩弄計策，讓這傢伙遠離我的置物櫃嗎？

「欸，喜……喜彥，我看我還是……」

畢竟，目前在我的置物櫃裡，就擺著……

「你在磨菇什麼啦，倫也？哎喲，真拿你沒辦法。」

「啊啊啊啊啊～～～～！」

「來，書包。反正教科書你都不會帶回家吧？」

「～～～也是啦！那我們快走吧！」

「……你幹嘛反應得那麼誇張？」

「快點快點！」

於是，我使勁關上除了書包以外什麼都沒放的置物櫃，硬推著喜彥衝到走廊……然後就想起校規改用走的了。

同時，我也對今天早上收進置物櫃的《琥珀色協奏曲》一．八公斤初回版，已經消失無蹤這一點感到放心。

「啊，說到這個，喜彥。」

「怎樣？」

「你的口氣，別講得像是因為孽緣而一起混了很久的管家婆女友。這會讓我想扁你吧。」

「你不要扁了才講。」

誰叫我火大，沒辦法。

私立豐之崎學園。

稱不上風光明媚，地段也算不上都心。

這裡不是綜合中學，也不是大學附屬高中，而且更不是學園都市。

既沒有呼風喚雨的學生會，糾察委員也沒有帶著武器，理事長和校長之間也絲毫沒有政治上的對立。

是那樣子的一所位於都內……位於東京都內且創校不滿十年，還算新的高中。

這種彷彿會出現於舞台設定方面不太用心的美少女遊戲或動畫的設定，就是我們的學校。

「基本上你總是只找大型量販店，所以才行不通。」

「為什麼不行啊？那裡賣的東西多，折扣給的也多吧？」

呃，雖然這真的無關緊要，也不是什麼該耗費心力解釋的話題。

「假如你是要買每家店都多到滿出來的必備商品，去那種地方也可以。不過你現在要找的，是已經從市面上消失過一次的話題性稀有品吧？」

「所以為什麼不行？」

「像那種讓大量玩家一套難求的作品，短時期內就算再進貨也會瞬間賣光。特別容易被顧客掃完的，就是你這種半調子會蜂擁而至的那一類大型連鎖店。」

「只是在淀〇（註：日本連鎖電器量販店「淀橋相機」）買個遊戲，就會被當成半調子喔……」

又沒有人提到店名。半調子就是這樣。

「該找的不是量販店。話雖這麼說，改去遊戲專售店也想得太過簡單。」

「那我要怎麼辦才好啦？」

「你該找的，是那種明顯有其他主打商品，感覺賣遊戲屬於順便的店家。」

「主打商品是指？」

「最常見的算成人ＤＶＤ吧。狹窄的六層樓裡幾乎全賣成人商品，只有在某層樓的角落，會若無其事地擺著普通電玩遊戲的那種地方……」

「啊，臨泰〇（註：日本的影音販售店「臨泰來」）。」

就說沒有人提到店名以下略……當我和喜彥在走廊聊得亂熱絡時，從旁傳來了清新問候聲，將我們的耳朵撫弄得心曠神怡。

「啊，兩個阿宅，掰掰。」

「喔，明天見。」

「等一下，那是什麼稱呼？」

「啊哈哈，掰囉～～」

先不管冷靜聽來並不太光彩的稱呼，語氣和態度都帶著普通善意的女同學一號，對於喜彥的吐槽仍大方地用笑容回應，然後就擺出無意多牽連的態度逕自離開了。

「真受不了，都是因為升上二年級以後和你同班，才連我都被當成噁心阿宅。」

「光有人願意和你講話，你就要感恩了啦。一般來講，我們御宅族根本只是受人迫害和忽略的對象喔。」

「那是什麼年代的事啊……？」

「七年前吧。」

「為什麼會指定得那麼具體啊？根本說來，倫也，我可不是像你這樣沒得救也無法回歸社會的深度阿宅喔。」

「不管深或淺，在非御宅族的人看來都是不折不扣的阿宅。而且要是讓深度阿宅來看，淺度阿宅只是輕視的對象而已。不過放心吧，喜彥。即使你過著毫無收穫及滋潤且又枯燥乏味的人生，唯獨我不會捨棄你。」

「……為什麼我被你拖上這條路，結果還會願意和你作朋友啊？」

喜彥對我熱烈的友情宣言不表感激，一副無法釋懷似地只顧偏著頭而已。

半調子就是這樣。呃，和半調子倒沒關係啦。

「從根本說來，你們太晚跟上風潮了啦。成人版的原作遊戲從發售以後都過了兩年，直到現在每次comike攤位賣抱枕還是大排長龍，連搭頭班車到會場的人也買不到，而且官方受理郵購撐不過五分鐘就會賣完，它可是人氣度這麼恐怖的作品耶。」

「欸，倫也，我們是不是還未成年？」

「放心吧，我絕對沒有涉足十八禁的內容。剛才那些都是對一般年齡層公布的資訊。」

是的，我並沒有去過店家頂樓或穿過位於地下的十八禁門簾。

所以理所當然地，別說是《琥珀色協奏曲》的原作，就連屬於成人類別的電玩遊戲我也一次都沒玩過。

「你還是對一些沒意義的事有潔癖耶。」

「這才不會沒意義。到了十八歲，我遲早還是會受到那些產品關照。在那之前先嚴守規矩，不給業者添麻煩，對彼此都好吧？」

「倫也的倫是軟倫的倫……」（註：軟倫是「電腦軟體倫理機構」的簡稱）

「不要用那個綽號叫我，這會讓我想踹人吧。」

「別踢我的背，別踢啦。」

當我和善彥在鞋櫃前加深彼此淡薄的友情時，這次從旁邊傳來了雄壯陽剛的嗓音，讓我們感到刺耳又聒噪。

「哦～倫也幫，要回去啦？」

「嗯，練習辛苦囉。」

「不要讓我再重複一次五分鐘前說的話。那是什麼連帶的稱呼方式！」

「你們老是玩得很開心耶……掰啦。」

「你在社團也要加油，掰。」

將橄欖球社髒兮兮又大件的運動服穿得貼身緊繃的魁梧男同學二號，對於喜彥那光聽一句也不懂意思的系列型吐槽只是粗聲敷衍過去，然後就踏響釘鞋往校庭離開了。

「受不了，一起被叫成御宅族也就算了，為什麼我會被當作倫也你的附屬品啊？」

「出你所料地就如同剛才你自己說的，是因為御宅度不像我這麼深吧。」

「我從根本上就無法接受被人推到御宅族的舞台打分數。」

「誰叫我們在其他方面，像成績和運動都平庸得分不出優劣嘛。這樣一來，就只剩御宅度和長相的差別了。不過放心吧，喜彥……」

「你這時候別若無其事地充門面。我們在長相方面還不是類似等級。」

喜彥對我熱烈的友情宣言……啊，這次被他隨口打斷了。

「而且這次的家用版有公布過，並不是單純拿掉情色畫面的冷飯熱炒式改編吧？在原作中因為沒辦法攻略，甚至差點引起暴動而留下傳說的妹妹升格成女主角了。這布局可是有多強啊……我找不出會搞砸的要素喔。」

「你的口氣就很像是在為搞砸鋪梗……不管那個，倫也你是妹屬性？」

「哪兒的話，妹妹、姊姊、青梅竹馬、學姊、學妹、活潑型、沉默型、不可思議型、暴力型，都一樣棒透了才對吧？」

「是……是喔？」

「不過我只定了一個原則……就是不讓自己喜歡上無法攻略的女主角。你想嘛，無論多喜歡對方，心意卻絕對傳達不了的戀愛，未免太難受了吧？」

「……聽了你剛剛這段發言的我倒是更難受。」

「而那無法攻略的角色，終於，就在這一次……！」

我深愛美少女遊戲……特別是成人遊戲改編作品的一大原因，要說就是出於這些追加要素也不為過。

儘管有許多批評聲音認為那是「讓玩家多付幾次錢」的勢利手段，極富魅力卻不可攻略的女

主角變得能攻略了，以常識來想沒有人會吃虧吧？

似乎有格外講究的原作者認為，硬增加劇情會破壞故事的整合性而不參與作品改編，可是我覺得那樣不對……

「啊啊，光是想起玩六花美眉劇情時的過程，我就會變得笑吟吟的。」

「可是我光看到你那張臉就會倒胃口。」

當我們如此在校門興起談論著博大精深的美少女遊戲論時，從旁又有……

「啊，找到你了，安藝安藝。」

「就說不要把我們連在一起叫了吧！」

「呃，那個……」

「沒有啊，剛才你完全被忽略了耶。」

沒有用「你們」或「幫派」稱呼，而只叫了我的女同學二號，對於喜彥不講理地發脾氣感到困惑，一面還是只將臉朝著我開口：

「蓮見老師在找安藝你喔，她說希望你立刻到辦公室。」

單純為了轉達班導師交代的事情。

「小佳乃找我？為什麼？」

「要你把教材搬到視聽教室的樣子。說是明天上課會用。」

「唔……所以就找我？我又不是班級股長或什麼的耶？」

「還不是因為倫也你常常擅自在那裡舉辦動畫鑑賞會。」

「那才不是擅自，我每次都有確實得到老師的允許。」

順帶一提，我也有特地向動畫廠商確認是否允許播映。

「因為你到辦公室拜會過好幾好幾好幾好幾好幾好幾次，那樣對方總要敗給你的毅力啦。」

「共享對精彩作品的感動有什麼不對！」

也有動畫和遊戲會帶來對人生認真思量的契機。

畢竟也發生過繭居族少年對某款成人遊戲大為感動，才不再輟學而回到國中唸書的佳話啊。

呃，國中生別玩成人遊戲啦。

「先不管那些了，老師讓你用視聽教室的恩情還是還一還比較好吧？假如以後被禁止進出，不就麻煩了？」

「那……有沒有人要來幫個忙之類的……？」

「我是無害的男同學一號，不會去打擾美少女遊戲男主角和女教師角色的甜蜜時光。」

「……對方是三次元而且二十過半耶？」

「希望你多說的那句不至於換來禁止出入視聽教室、外加停學一個禮拜的結果，我會幫你祈禱。掰囉。」

「喂……喂，喜彥……」

直到剛才還在的扭曲伙伴意識不知道去了哪裡，喜彥那傢伙立刻拋下我走出校門。

之後，只剩伴隨絕望呆站著的我和……

「那……那個……」

大概是錯失逃走時機，而一起杵在原地的女同學二號。

「啊，妳也可以回去了。我不會拜託妳幫忙啦。」

「啊嗯，不過被拜託，我也不打算答應就是了。」

「唔，是喔……」

這麼薄情，不愧是才同班半個月的同學。

「那就明天見囉。」

算了，無所謂。

班導師蓮見佳乃子，也不是讓我覺得難相處的類型。

雖然她的年齡作個四捨五入就三十歲了，但在我們學校的老師當中仍可以說是美女，而且親暱地叫她小佳乃也不會生氣，是個明事理的好老師。

不過，正因為這麼親暱，才會被她一個勁地把雜務推來就是了。

「對了，安藝。」

「嗯～～？」

總之，我帶著不輕快也不沉重的腳步，回頭走向校舍。

唔，確定和小佳乃插旗成功的事件，以各層面來說門檻都太高，不過倒也不是完全沒有其他可期待之處。

「之前謝謝你囉。」

「唔，謝謝什麼？」

我想想……比如說，當我一到辦公室，就發現有個穿著別校制服的女孩子站在小佳乃那裡。

「就那一次嘛，春假時你不是幫我撿了帽子？白色的貝雷帽。」

「啊～有那回事嗎……？抱歉，我完全不記得。」

然後……「安藝同學你來得正好。其實她是明天起要轉來我們班的轉學生。老師我有點騰不出空，所以接下來你能不能帶她認識學校裡的環境？」像這樣，忽然受託而感到困惑的我，以及身為轉學生而展露親切笑容的她。

「唉，我想也是。畢竟都一個月以前的事了，那掰掰囉。」

「嗯，不只是汽車，妳也要小心腳踏車喔。」

接著，當我們望著彼此面孔的瞬間……

一個月以前的記憶就此復甦，隨著驚訝而睜大眼睛的她露出了新表情……

「不對，慢著妳等一下～～～～～～～～～～～～～～～～？」

於是，才剛回頭的我又轉身全力衝回校門。

「嗯？怎麼樣？」

……薄情的女同學二號，像是早就對我失去興趣，正要快步離去。

「妳就是，妳就是……」

「我怎麼了？」

「那時候，穿著白色的……」

「白色的？」

「洋裝！」

「咦，啊～～……好像有耶？」

「……好像……？」

「因為普通來說，根本不會記得一個月前穿過的衣服啊。」

「也對啦～～………………普通來說．的．話。」

第一章：

在春天的某個日子，我與命運重逢了……

昏黃夕陽照來，變得稍冷的風吹拂而過，沙塵揚起於歸途。

以及，在坡道頂端獨自……獨自佇立的女同學二號。

曉得名字，而且最近一個月來每天見面的女孩子。

「呃……我記得妳是叫加納惠，對不對？」

「是加藤啦～～」

啊，結果我還不曉得她的名字。

第二章 樸素也是一種不折不扣的特色吧？

「…………」

「怎……怎麼樣？」

「那個……我是覺得，加藤妳啊。」

「唔……嗯？」

「妳算普通可愛耶。」

夕陽比起剛才更加西下，放學路上的咖啡廳。

在這般眾目睽睽的環境裡，我向戲劇性重逢的真命天女……心目中是如此，實際上則是已經在同一間教室相處半個月左右的同班同學加藤惠，說出以我個人而言相當肉麻的台詞。

「謝……謝謝。可是總覺得好突然，不太像是真心的樣子。」

「嗯，我也這樣認為。所以麻煩妳忘掉剛剛那句話。」

「啊，可以加點其他東西嗎？我肚子有點餓了。」

「好啊，點妳喜歡的吧。今天全部由我請客。」

「不……不好意思囉，呃～～……」

於是乎，我一邊望著立刻將目光移向菜單的加藤的臉、一邊啜飲咖啡。

然後，我再次確認自己剛才所言不虛。

加藤惠確實很可愛。

五官臉孔端正，個子也不矮不高，肌膚算細緻，該凸的地方凸，該凹的地方也挺凹的。

「呃……這個小倉吐司是什麼？」

「好吃喔。」

「啊，不好意思，請給我生起司蛋糕。」

「唔，是喔。」

然而，這是為什麼？

我才剛面對面地向女孩子稱讚她「可愛」……還用了視情況來看，難保不會被當成告白的態度，但卻連我自己也完全不覺得心裡小鹿亂撞……

怎麼回事啊這是？

總覺得妳一副心平氣和喔，加藤？

而且，還是讓我覺得不妙的那種心平氣和！

「啊，不過有點意外耶。安藝你比我想像中的還要現充喔。」

「那什麼意思啊？」

「誰叫你一開口就問：『接下來我有話想談，要不要去喝個茶？』」

「啊，那個嗎……」

約完加藤以後，又打電話向小佳乃賠罪：「對不起，我今天沒辦法過去了！」的我，在旁人眼中看來，也許就像個在外遇對象面前對正牌女友找藉口的差勁男朋友。

「安藝，之前我有點誤解你了。還以為……」

「嗯，說來我從出生到現在，其實是第一次主動約人。」

雖然我也想聽聽看「還以為……」後頭會接什麼話，但感覺話題肯定會往負面的方向脫軌，我就搶先把話截斷了。

「真的嗎？我是你第一個約的人？」

「是啊，我向神作畫、神劇本、神插入曲的神集數三神發誓。」

「我不太懂那是什麼神，可是以第一次來說，你的態度很自然耶。」

「那樣啊……」

唔，照理而言，其實我當時也非常緊張喔。

還不如說，和「坡道上的她」重逢的那個瞬間，我以為自己會變得腦袋一片空白、心臟小鹿亂撞、嘴巴乾得沒辦法正常講話喔？

可是我也以為，之後兩個人在逐步親近的過程中，會遭遇重重誤解和心思分歧而產生芥蒂，結果就變成每次見面都吵嘴的冤家喔？

我更以為到了最後，會有一樁事件成為彼此解開誤會的契機，而且兩個人還能互相確認最初相識時的心意，再一路直通甜甜蜜蜜的快樂結局喔？

「不過我真的很抱歉。之前一直沒察覺到是妳。」

當然，我不可能犯下把那些妄想情節提出來的愚蠢錯誤喔。

「算了，也沒有辦法，感覺好像有～～點受打擊。」

「哎呀，妳想嘛……那個……誰叫妳穿制服和便服時會認不出是同一個人，應該說形象完全不一樣。」

「會嗎？」

「嗯，會啊！」

我根本不記得妳穿便服的模樣，所以形象自然湊不到一塊兒……這我絕對說不出口。

儘管白色衣帽我還記得，至於穿戴著那些的本人，則是連長相和講過的話都沒印象，我這個人到底多沒禮貌啊！

「話……話說回來，妳那時候為什麼沒有提自己名字？說是同學就好啦。」

「咦～～因為我們早就已經算熟面孔了，事到如今又自我介紹不是很奇怪？」

「呃，但我們一年級時不同班吧？」

「可是我以前讀E班，所以在同一層樓喔。」

我是A班……每天進教室都會經過E班。

糟糕，我們不只擦肩而過好幾次，應該算每天都會見面吧？

「對……對了，那頂帽子怎麼樣了？還好沒被車子輾過去耶！」

「啊，那個我送給親戚的小孩了喔。」

「咦……？」

「春假時我堂妹來玩，感覺她好像滿喜歡那頂帽子，所以她回去時我就把那當成伴手禮送出去了。她非常高興喔。」

「啊，這樣啊，是喔……那真的太好了。」

在我們的故事情節中，位居根基的結緣重要道具，目前似乎已經可喜可賀地到了另一位女生手裡……

我為了掩飾自己不夠意思，不得已才拋出來的問題，沒想到她親切地回答完後，就連愧疚感都消失得乾淨溜溜了。

這是怎麼回事啊？

妳真的一副心平氣和喔，加藤？

而且，還是讓人遺憾的那種心平氣和！

「啊～～我想到了，這表示加藤妳的記性特別好吧。」

東拉西扯以後，隨著罪惡感、心動感都跑得一乾二淨，我對加藤的態度越來越親暱。

「咦～～會嗎？」

「畢竟我們在升上二年級以前，都沒有說過一次話吧？」

「嗯，是沒有錯。」

「再說我是回家社，成績也不起眼，何況還是御宅族……像我這樣讀別班又不醒目的人，真虧妳能記得住耶。」

……雖然字面上看似得體，但簡單來說，就是我開始裝熟、或者逐漸不把她當成異性、或者退回到原本對待女同學二號的方式了。

「御宅族這點我認同，可是要說你不起眼的話，我想大家會全力否定喔。」

「哪有那種事……」

「畢竟，安藝你在我們學校也算數一數二的名人嘛。」

「唔……我這麼顯眼嗎？」

「一年級校慶時辦的動畫放映會，占了滿大因素喔。假如你辦的是地下活動，頂多只會被當成問題分子。可是你為了得到學校的正式允許，每天都專程去辦公室報到，最後還和教務主任起衝突，讓校長特地居中調停……這樣的人，在運動社團也找不到喔。」

「……運動社團的人基本上並不會想辦動畫放映會吧。」

聽她那麼一說……是不太妙。

原來，我這麼顯眼啊？

「因為這樣，提起安藝倫也的名字，大部分的人要不就是笑出來、要不就是顯得反感。我想不會有人問：『那是誰？』喔。」

「那我的敵人和同伴，大概各占多少比率？」

「雖然我不是很清楚……不過大概六比四吧？」

「唔喔……果然敵人比較多嗎？」

「那也沒有辦法啊，受到那麼多注目的話。」

是萬中選一的御宅族精英？還是超愛出風頭的人？

是敵是友？神祕的安藝倫也。

……從根本來說，感覺都一樣屬於惹人嫌的代表性範例就是了。

「當根出頭釘也好，要讓自己耐敲又耐磨。」

看起來，我在無心間守著小時候發下的那句承諾呢。

爺爺，我好像比自己想的更敬愛你耶。

「是喔……呃，不過我根本沒有意識到，自己是被別人那樣看待的。」

「嗯，這代表說就是這樣囉。」

「咦，什麼樣？」

「我們都沒有那種認知。安藝你沒有，我也沒有。」

「妳也……沒有？」

「安藝你並沒有要讓自己醒目的意思，而我也沒有打算讓自己不醒目。」

「啊……」

於是，由於我盡想著自己的事，所以就將眼前女孩子的臉色已經出現微妙改變這一點看漏了。

「即使如此，安藝你並不認識我，而我卻認識你。」

有一絲絲落寞、有一絲絲難過，然後也帶著一絲絲認命的微妙臉色。

「要是照朋友的看法，我啊，總給人印象薄弱的感覺。應該說很容易就忽略掉嗎……」

「啊～～我懂！我非常懂～～！」

「……非常？」

「真意外耶～～！加藤妳這麼可愛，我以為妳應該更受歡迎的～～！」

「……直到今天以前，你明明都不記得我的名字和臉喔。」

「我今天才第一次這麼覺得啊！」

也許這看起來像是徹底失言、然後又徹底地自圓其說，不過我倒沒有說謊或客套。

客觀看來，眼前這個叫加藤惠的女孩子肯定是可愛的。

只不過，她身上有種人格特質將那蓋了過去，就連平時很少和女孩子講話的我，都能毫不害羞地暢所欲言……

「沒關係，你不用這樣費心。」

「不，沒那種事。」

「我果然很樸素，對不對？」

「樸素……？」

當加藤自虐性地脫口說出那個字眼的瞬間，在我體內有股熱流開始煨著心頭。

「雖然我的狀況和你是兩回事，成績也算還可以，又沒有參加社團，而且也沒當過班級股長之類。」

那像是一種異樣感，或者像無奈感，抑或類似於憤怒。

「我的朋友也不是很多，但是也沒有勇氣去交更多朋友。」

加藤編織的一字一句，並沒有讓我的情緒得到平息，反而逐漸變得高漲……

「所以不光是你，大家會記不得我也是沒辦法的事……」

「不對！」

「咦……？」

因此在那個瞬間，我一拳敲在桌面上喊道：

「加藤……妳才不樸素！」

而且我還站起身，將剛剛敲下去的拳頭大動作地舉起。

面對我忽然的舉動，周圍客人嚇得朝我們這桌注目過來。

「這我可以保證！所以，所以加藤……」

「停……停一下啦，冷靜點，安藝。」

吃驚的不只是周圍客人，加藤似乎也一樣。

可是，我已經止不住熱烈奔流的情緒。

「抱歉，我有點亢奮。」

話雖如此，總不能站著高舉拳頭繼續演說，因此我大大嘆了一口氣，然後緩緩坐回沙發……

「這是去年的事情……」

於是乎，這次我靜靜地把話道來。

「你說去年，意思是一年級的時候？」

「不，那是在二年級。」

「？唔嗯。」

「那時候，班上有個非常樸素的女生。」

「誰啊？我會不會也認識？」

「這就不知道了，畢竟連班上的女同學都幾乎不理她。」

「咦……是這樣啊。」

「她的髮型是麻花辮、戴了眼鏡，臉上有雀斑，感覺活脫脫就是樸素型女生的樣板。」

「唔～～A班有那樣的女生嗎？」

「不對，她是讀三班啦。」

「？唔……唔嗯。」

「而且，她對自己那樣的長相和個性有強烈自卑感，總是散發著相當負面的氣息，彷彿一直在心裡自貶：『我根本沒有用。』」

「啊，的確，整個年級裡大概會有個這樣的女生。」

對於我用平靜語氣所說的內容，加藤也靜靜地一邊搭腔、一邊聽得入神。

「不過啊……」

「嗯。」

她的表情，貌似有些許困惑、以及些微的好奇參雜在其中。

「就是這樣才萌啦……」

「唔……咦？」

「重點就是那紮得牢牢的麻花辮、土氣的黑框眼鏡、低著頭像是要掩飾雀斑的那張臉。」

「唔，呃……嗯？」

「那讓人感覺無法親近的態度！還有絕對不看著別人臉孔說話的矜持！」

「安……安藝？」

「像那樣的女生，只對我……啊，這部分很重要！她只對我卸下心防，而且卸下心防以後就只注視……啊，這部分超重要！她就只注視著我一個人，感覺實在太棒了對吧？妳也這樣覺得對吧？加藤，對不對？」

「唔，呃……就算你這樣問，我也不知道怎麼回答耶……」

「啊……抱歉。」

看到加藤的表情在不知不覺中變得只剩困惑，我才發現自己又受到周圍客人注目，我重新坐回沙發。

「至少她對我來說，是最棒的女生。所以我無法將目光從她身上別開……」

「原來你喜歡那個女生啊。」

「對啊，假如就照著那樣發展，她應該會成為我的新娘才對……」

「決……決定得好快耶。明明都還是高中生。」

「不過……到了後來，我沒想到居然會變成那樣。」

但情緒一度冷靜下來後反而不好。

因為接在這段幸福記憶後的故事，對我來說是一段太過辛酸的回憶。

「啊，難道說……不順利嗎？」

「結果，問題是出在開始交往以後……」

可是既然都提到這裡了，不全盤托出對加藤來說就不夠誠懇。

我下定決心，硬是督促有口難言的自己說話。

「那個女生始終都喜歡著我。然而，她卻不肯繼續當我所喜歡的那個女生。」

「你是指……」

「自某一天起，她變了……頭髮解開還去燙捲，不戴眼鏡而換成隱形眼鏡，還有雀斑，也被她用淡妝掩飾掉了。」

「啊，原來她是換造型了。」

「接著她忽然就變成班上的風雲人物。班上男生蜂擁著找她講話，拚命地想吸引她注意……

那些人直到她換造型幾天前，都根本不理她的耶。」

「我懂了，身為男朋友會擔心對不對？」

「唉，我到最後才了解，是她鑽牛角尖地認為：『自己要是受歡迎，我這個男朋友在所有人面前也會有面子。』然後我們就重新確認到彼此的心意了。」

「什麼啊～我以為是很沉重的故事，結果單純是在炫耀恩愛而已嘛。」

「不對！」

「哎呀。」

面對那種逗弄人似的口吻和話語，我強烈表示否定。

雖然加藤的善解人意很令我感激，但是，我現在可不能接受那種打趣的口氣。

因為我和那個女生真正的歧見，反而是接下來才會出現……

「從她變得受歡迎而讓我感到焦慮的那時候開始，我總有一股異樣感。」

「所以那不就是吃醋嗎？」

「一開始我也那麼認為……可是，那種異樣感，即使到和好以後也沒有消失。」

「咦，為什麼？畢竟她都是為了……」

「我想要的並不是那樣。」

「不過她是誤解了你的需求吧？那樣的話，我覺得是很常有的意見分歧耶。」

「呃，就算那樣，不自然的部分也太多了啦。」

「不自然……意思是她有說謊囉？」

假如是說謊倒還好。

假如她說謊，我固然會受到傷害，但是異樣感應該就能化解了。

然而……

「推展得太突然了啦。」

「推展？」

「到開始交往為止都非常棒。對她的心境轉變用了許多劇情事件詳細地刻劃，也相當能讓人投入感情。」

「劇情事件？刻劃？投入感情？」

「可是啊，從告白完然後開始交往，進到第二部以後，日期一口氣跳了好多，對於她的心境描寫也大量省略，使得她的想法簡直像紅綠燈一樣說變就變，忽然就讓人跟不上了。」

「……第二部？」

「基本上我只不過是跟其他女主角講話而已，一般來說，有必要導入『要是我也像那個女生一樣就不會失去他的心了』這樣的獨白嗎？」

「…………」

「嗄～～製作的人根本就不懂！所以啦，那種低能的劇情推展差點讓我打爛電腦螢幕。他八成沒有統籌故事的能力吧，而且從中途就到處看得出敷衍了事的部分。雖然不知道那是寫膩了還是時間不夠，或者單純沒有能力而已，可是對玩家來說誰管那麼多啊？垃圾作家真的是去○算了。」

正因為是真相，正因為是實際內容，才讓人感到無法原諒。

輕薄的真相，比深沉的謊言更加罪過。

「那……那個，安藝……雖然我不希望這樣想，該不會……」

「怎樣？」

「你提到的女朋友……就是你說的那個新娘……該不會是動畫裡的女孩子吧？」

「怎麼可能，不是啦。」

「啊，抱……抱歉。我心裡冒出了一些沒道理的妄想……」

「不是動畫，是美少女遊戲。去年上市的一款叫『空費心之吻』的作品。」

「……咦？」

「啊，不過再隔一陣子，加藤妳的誤解就不再是誤解了，所以放心吧。畢竟去年推出的成人遊戲改編作當中，先不論成品內容，它的銷售量還是進了前三名，而這間廠商的上一部作品也有製作成動畫，所以她變成『動畫裡的女孩子』只是時間問題……妳怎麼了？」

加藤的表情在不知不覺中變得非常淡白。

「……所以你才說是二年三班。哎喲，很容易混淆耶，那樣的女生我當然不認識啊。」

「我倒不覺得妳那樣叫作當然……它可是對外宣稱賣了三萬套的作品耶。」

「唉……」

「妳累了嗎？」

「有一點。」

明明都是我一個人在講，加藤卻莫名其妙地累了。

難道她那麼專注地聽我說話？

加藤果然是個滿不錯的人。雖然不起眼。

「然後呢，安藝，你提了那款遊戲的女角色又怎樣？」

因此，她的隻字片語會開始讓我覺得帶刺，大概純屬心理作用吧。

「換句話說，我想表達的就是……妳根本就不樸素。」

「呃，剛才的話題為什麼能接到那個結論？」

而我會從她的表情看出她不耐煩，大概也是心理作用。

「樸素本身，就是一種搶眼的個性啦！光這樣就是一種強烈的角色特質了！」

「咦～～」

「麻花辮、眼鏡、雀斑……將這些樸素到家的要素累積起來以後，就會變成吸引人的魅力。而那種女生也會成為我心目中的第一喔！」

唔，雖然她在網頁上的人氣投票被劇本扯了後腿，落得第四名。

「加藤，妳說過自己的朋友『不是很多』，不過那個女生是連一個朋友也沒有。她就連交一個朋友的勇氣都沒有。」

不管是在咖啡廳裡對朋友抱怨：「我的朋友很少對不對～～」或者為了交朋友，而下定決心參加社團，那個女生一項都做不到。

「她和早已經有朋友的妳，從立足點就不一樣了。」

另外，那個女生也不和任何人說話，更不常到學校，還遭到女生團體用低調的方式霸凌……啊，有鑑於社會風氣，她受到一群男生性霸凌的設定並沒有被採用就是了。

「我要鄭重聲明，加藤……妳啊，根本就不樸素。」

不樸素也不華麗。

沒個性又沒屬性。

如果要用一句話來形容這些……

「妳是打從角色本身就廢了！」

「…………」

要是再添個兩三句來形容的話……

「單純是角色形象不夠鮮明而已啦！不上也不下！」

「…………」

最後收尾。

「所以妳才一點都不顯眼！」

「…………」

加藤接收到我充滿感情的語句和視線，目瞪口呆地望著我。

該怎麼說呢？她的目光比剛才更加淡白；也可以說她變成一副亂沒個性，讓人無法留下印象的臉。

「那個，我可以問一下嗎？」

「怎麼了？」

「所以說，那段長得誇張的開場白，結果並不是用來鼓勵我的？」

「鼓勵妳？我為什麼要那樣做？」

「……原來你不但沒有替我說話的意思，還否定我啊。原來我比遊戲裡的人物還不如。」

「講那什麼話，就去年而言，可沒有比那個女生更萌的角色喔。別說在現實生活裡了，就連二次元也沒有。」

「你的『別說』和『就連』是不是順序相反了？」

「咦？為什麼妳會覺得相反？」

「…………」

「……加藤？」

「…………」

夕陽照進裝潢成木屋風格的咖啡廳。

丹麥麵包端上桌以後，直到上面那團霜淇淋全部溶化前，加藤始終一語不發地動都沒動。

※　※　※

「呼…………」

打工回來，吃過飯洗完澡，日期也差不多要改變的時候。

我一頭躺到床上。

今天真的好累……

話雖如此，倒不是舒服地滲入體內的那種累，是比較傾向於讓心裡留下疙瘩的精神性疲勞。

『就那一次嘛，春假時你不是幫我撿了帽子？白色的貝雷帽。』

「唉～～～」

腦海浮現的，是回家路上發生的那件事。

……和應為命中註定的第一女主角，加藤惠再次相會。

『啊，那個我送給親戚的小孩了喔。』

「唉～～～～～～～～」

明明是那麼多的巧合相疊才促成的邂逅，結果不要說因此相戀了，盡是一些故事性淡泊得嚇人的強制劇情（註：強制劇情是指在電子小說類遊戲中，無論玩家怎麼做選擇，都一定會發生的過場劇情事件）而已。

與故事序章匹配的命運性、邂逅的衝擊度、純白無暇的形象，對加藤惠這個反應得太過淡定的女孩子來說，都不算是一回事。

要說她灑脫，相處起來是很輕鬆沒錯，但我難免會覺得：不用把旗子折得這麼徹底吧？

『要是照朋友的看法，我啊，總給人印象薄弱的感覺。』

我閉上眼睛，回想加藤惠這個女孩子在今天讓我看見的幾種表情。

……總之，由於並沒經過一個月，我姑且還能清楚地回想起來，不過要問到幾天後是否也能在腦海裡描繪得同樣鮮明，感覺就不太有把握了。

「哎呀，雖然是很可愛啦。」

正如我對當事人說過的，長相確實很可愛。

這既不是客套話，也不是用來追求女生的說詞。

還有她的表情，儘管稱不上變化多端，倒也不至於貧乏，照理說我應該已經見識到「加藤惠」這個女孩子的各種臉孔了。

可是，為什麼……？

我完全不會對她「有感覺」呢？

要是用老氣一點的說法，就是對她「並不心動」。

『原來我比遊戲裡的人物還不如。』

「……唔，算了。」

加藤那時候，擺了個讓人稍微能留下印象的怪臉色。

不過，我自己的態度也有點毛病，感覺算是彼此彼此吧。

沒想到勾起我久違的強烈創作慾望，對我來說理應成為命運女神的她，實際上卻是角色性那麼薄弱又不具屬性的女生。

我說真的，頭一次遇到角色特質這麼不上不下的人……

角色設定：

女主角A（姓名未定）

第一女主角——在櫻花飛舞的坡道上遇見的少女。

「唔～～……？」

理不清頭緒的我，拿出收在書桌抽屜的企畫書。

於是，目光立刻停留到字體斗大地寫在第一頁的第一女主角設定。

姓名未定的第一女主角，設定上寫著……

坡道頂端，有棵獨自綻放的高大櫻花古木。

她受到那棵大樹的詛咒束縛，永遠以櫻花精靈的身分活著。

主角小時候，曾和她許下約定……

當那項約定被履行，而讓她的願望實現時，詛咒就會解除。

到時，她的存在也將從所有人的記憶裡消失。

「詛咒……嗎？」

說不定加藤會讓人印象薄弱，就是詛咒所致……哪有可能啊。

相隔一個月，那幾排瞎到不行的文字讓我看得抱頭後悔，同時也被我揉成一團扔進垃圾筒。

我當然沒投出好球，紙屑滾到書桌底下。

「不能用啦……廢案。」

我只能再度抱頭苦思。第一次遇見這麼難處理的角色。

不，要描繪她倒沒有什麼困難。

還不如說，什麼都不用思考就能寫得出來，但真的只是寫得出而已。

問題就在於，她絕對當不成女主角而已。

要讓她的格局跳脫出女主角的姊妹淘一號，難如登天。

不對，連當個姊妹淘一號的門檻都太高，頂多二號差不多。

嗯，絕對沒希望。

這種企畫不可能行得通。

這麼艱難的困境，哪有可能逆轉……

「……等等。」

可是在下個瞬間，我從床鋪一蹦鑽到了書桌底下。

角色性過了頭地不上也不下，也算一種屬性吧？

艱難無比的困境，不就是最常被運用的劇情引燃點嗎……？

※　※　※

然後到了隔天早上……

「嗨，早安啊，加藤！」

「啊，早安，安藝。」

「…………」

「怎麼了？」

「沒什麼，我覺得妳的態度和之前都沒變耶～」

在上學途中碰面的加藤惠，很普通地，而且是由衷令人覺得普通地對待我。

「那當然啊，只是一起在外面走動過一天，普通來講又不會變得多熟。」

「不不不，妳的觀點反了，反了啦。」

「反了？」

「我在想，真虧妳沒有忽略我或瞪我。」

「喔，是那個意思啊。」

「坦白講，我昨天對妳說了一大堆過分的話吧？比如角色性不鮮明，不上不下之類的……」

「對呀～我覺得那真的好沒禮貌。」

「……妳生氣了？」

「要說的話，當然不會不生氣，也不是沒有理由不理你，可是……」

「可是？」

「可是，一大早聽你這麼活力十足又若無其事地打招呼，就會覺得：『啊～～昨天的事也沒什麼大不了嘛。』」

「加藤，妳……」

未免太好哄了吧……

「嗯？你說了什麼？」

「我是說，謝謝妳原諒我……」

「沒關係啦。我才要謝謝你昨天的招待。」

實際上，加藤真的是個好人。

冷靜、理性、和氣、親切，是個相處起來很安心的朋友。

所以我很感謝她。感謝是感謝……卻也意識到這樣有些問題。

「以後有什麼機會，再約我一起出去吧。畢竟和你講話都不會無聊。」

為什麼她在這種時候不會過度反應啊？

毫無男女間的緊張感嘛。

要惹妳生氣或難過，是不是根本不可能啊？

那樣子，是不是不夠格當女主角啊……？

「啊～～關於那個的話，妳放心吧。」

妳那樣不行吧，加藤？

不踏出腳步，是無法往前進的喔。

「因為妳從現在起，每天放學以後都要和我一起過了。」

「這是告白？」

「如果妳那樣想，然後表現得動搖一點怎麼樣？」

加藤的表情，又逐漸變得像昨天那樣淡白。

「我在此鄭重宣布，加藤！」

「唔……嗯？」

因此，感覺到苗頭不對的我，打算硬將話題帶下去……

「我要將妳——栽培成令人心動得小鹿亂撞的第一女主角！」

「…………」

「……說點話吧。」

「……我要說什麼才好？」

我打算硬將話題帶下去，結果她還是和昨天一樣，臉上變得越來越沒有個性。

「總……總之，這個給妳！妳看看這個！」

「情書？」

「我就說了，如果妳那樣想的話，是不是可以來個更有戲劇性的反應啊？」

「……企畫書？」

「妳都可以不在乎別人反應繼續把話說下去耶。」

「……欸，這什麼啊？」

標題：

未定（小惠惠的甜蜜暑假？）

類型：

未定（戀愛ＡＶＧ、戀愛ＳＬＧ、桌面小程式）

作品概念：

把特寫徹底放在本作的第一女主角加藤惠身上，

令她將魅力發揮到極限就是唯一的最高目標。

「就說是企畫書啦，美少女遊戲的企畫書。」

「…………」

「話雖如此，我沒有錢也沒有人脈讓這個變成商業作，所以應該算同人作品吧。」

「…………」

「而且，它就是用來將『加藤惠』這個角色，打造成魅力女星的手段。」

「……我覺得你這些話聽起來超瞎的，是我自己品味過時的關係嗎？」

「不要緊，我也有稍微搞砸的感覺。」

「才稍微而已啊……」

「還有，在下一頁有更詳細一點的設定……」

角色設定：

加藤惠（化名）

第一女主角。在櫻花飛舞的坡道上遇見的少女。

豐之崎學園二年級。

身高：由本人填寫。

體重：由本人填寫。

胸圍：由本人填寫。

腰圍：由本人填寫。

臀圍：由本人填寫。

興趣：由本人填寫。

專長：由本人填寫。

自我期望：雖然有點不好意思，我會拚命努力的。請大家為我加油喔♪

「……欸。」

「……怎麼了嗎？」

「上面提到的體重和三圍之類，是要我寫嗎？由我自己寫？」

「哎呀，那部分的資料我實在不會有嘛。」

「這種行為不是叫性騷擾？」

「說那什麼話，妳接下來就要成為美少女遊戲的女主角囉。這可不是介意個人情報的時候了喔。」

「……雖然我想吐槽的點多得不勝枚舉，先告訴我為什麼只有感言的部分寫好了？而且語尾還加了♪。」

「我只能代妳表達心情而已。」

「……安藝，你有把握我今天會原諒你，對不對？」

「像加藤這麼善解人意的女生，我最喜歡了。」

「也許我有點誤判你的厚臉皮程度了。」

「看吧，妳果然不生氣也不害羞，簡直完美！」

即使問一句「可不可以跟我上個床？」，似乎也可以當作玩笑話帶過。

唉，雖然癥結就是出在她那種個性。

像這個時候，女生要不就大發脾氣、要不就放聲哭出來，才能立竿見影地勾起男方的罪惡感或保護慾嘛……從美少女遊戲的觀點而言。

「欸，加藤……所以妳要不要和我一起把這個當成目標？」

「所以是，把什麼當目標？」

「美少女遊戲的女主角。」

「…………」

「可愛、角色性鮮明、而且充滿魅力，讓任何人玩過遊戲都會想當成『自己的新娘』，妳要不要像那樣，當個最有人氣的女主角？」

「抱歉，我還是不太懂你的意思。」

「嗯，我能明白妳猶豫不前的心情。畢竟我自己也有點沒頭沒腦地就豁出去了。」

「既然你明白的話，我希望你可以踩剎車耶。」

「即使如此，即使如此我還是……！」

「安……安藝？」

「我還是……想將妳塑造成女主角。我想要製作一款由『加藤惠』這個女孩子領銜主演的遊

戲！」

面對我滿懷熱忱的吶喊，加藤露出稍微不那麼淡白的目光，將話聽了進去。

「……為什麼？」

附帶一提，我們在上學途中。

「你昨天說過吧。你說我的角色不夠鮮明，而且不上不下。」

但是不要緊。上課鐘快響了，所以周圍一個同學也沒有。

……嗯，好像也不是不要緊啦。

「可是安藝，為什麼你這麼堅持要找我？」

「那是因為……」

我從遇見妳的時候就被吸引了。

再次碰面的時候，夢想曾經因而破滅。

然而，我無法就此放棄。

無論閉上幾次眼睛，在我眼底……

都會浮現那時候穿著白色洋裝的妳。

然後那道身影，和眼前穿著制服的妳相疊。

……和站在那傢伙旁邊微笑著的妳，身影相疊。

我無法再欺騙自己的感情。

就算妳眼中並沒有我。

所以，我想要證明。

證明我們在那棵櫻花樹下相遇，是對的。

證明對我來說、對妳來說，那都是命中註定。

證明我有希望，和妳這樣的女生成為情侶。

證明妳有一天，會把這樣的我當成男人。

「像這樣，下一頁寫了男主角的獨白，妳覺得如何？」

「安藝，你真的有心邀我加入嗎？」

「嗯～～果然提到女主角以前的男人不太妙對吧？對於有處女情結的腦殘並不討好……」

「我都說聽不懂你的意思了嘛。」

今天的交涉，就這麼以失敗告終。

因為過幾秒以後，遠遠聽見上課鐘響起的我們便匆促結束交涉，臉色發青地衝向學校了。

不過，即使如此我仍不悲觀。

從一開始我就不覺得只花兩三天就能夠說服她。

接下來我會每天死纏爛打地交涉，就算花上幾個星期、幾個月，也絕對要讓加藤回心轉意。

我絕對不會放棄的，加藤……

※　※　※

接著，又隔一天的早上。

「啊，安藝。我昨天想過了，如果是要放學後一起活動的話，反正我目前既沒有參加社團、也沒有打工，又不打算那麼拚命用功，那就奉陪囉。」

「加藤，妳……好講話也該有個限度吧。」

於是，我們的美少女遊戲製作社團就這麼起步了。

第三章　元始之初，神創造樣版（上篇）

「對不起。」

「唔……」

放學後照入美術教室的斜陽已經拖到走廊。

「對於學長的心意，我很高興，真的。」

「啊，沒關係，嗯。」

受暈紅光芒照耀的那襲金黃色秀髮，雖純屬與生俱來，但現在看來，卻也彷彿象徵著她本身的強烈主張。

「不過，我目前的心思全放在下次展覽會上面，所以……」

「也……也對啦～～！畢竟那關係到妳能不能連續兩年得獎嘛。抱歉，在這麼重要的時期，我還……」

「不會的，學長你別這麼說……我真的覺得很抱歉。」

因為我明白。

區區的學生美術展覽會，根本不可能將這傢……不可能將她逼得焦頭爛額。

管他是文化祭、美術展覽會、還是印刷廠送印的截稿日期，只要對完成的畫作不滿意，她都有膽不遵守截止期限。

「那……那妳先將回答保留下來好了！」

「咦……？」

「等展覽會結束，我希望妳能再考慮一次看看，怎麼樣？」

「…………」

「是不是……不行呢？」

「…………」

「澤……澤村？」

而且，我也明白。

在目前這段沉默中，她的心裡，正盈現無比憤怒的情緒。

「唔……你在啊？」

「對啦。」

放學後照進美術教室的斜陽，已經像這樣拖到走廊。

結果在最後，當那個不要命又不長眼的學長轟轟烈烈地被當成空氣，灰心地垂著肩膀離開教室後，已經過了五分鐘。

這段期間，她沒有去安慰受到打擊的年長男性，還若無其事地將畫具俐落地收拾完畢，並且匆匆將準備室上鎖，手腳迅速地準備好回家，然後就哼著歌從美術教室晃出來了。

「所以，你看見了？」

「哎，碰巧。」

「你從什麼時候開始就在看？」

「從『澤村，我有事要告訴妳。是無論如何都非說不可的重要事情。』那部分開始。」

「哎呀～～您的金口宣稱偶然，沒想到卻是從頭到尾蒞臨觀摩，這般雅興真讓人不敢領教～～」

「喂，總覺得妳的恭敬用語意味不明喔。」

古怪用詞冒出的同時，金色髮束也翩然地……應該說是使勁地擺動著。

馬尾紮在兩側，離心力自然不同凡響。

「所以呢，你找我幹嘛？有事的話麻煩請長話短說。哎呀，真遺憾，時間到。那麼就下次見囉。」

「妳自己說說看零點五秒以內是能談什麼，慢著，我光吐槽就過了零點五秒啦！」

「你想說的，我昨天就全部聽過了。我想說的，昨天就全部講完了。這樣子還有什麼好談的？」

沒錯，所謂「今天」，就是「昨天」的未來……

在那段企畫（序章）報告轟轟烈烈地被打回票的隔天。

「不，聽完妳們兩個的意見，之後我又將企畫書修訂過了啦。簡單扼要地說，這一次的重點在於……」

「『我想說的，昨天就全部講完了。』這我已經說過了吧？」

「喔喔……」

金色髮束伴隨著離心力掃來，「不留餘地」指的似乎就是這麼回事。

是說那終於掃到我的臉頰了，感覺又痛又癢。

「根本來說，要是有個自己什麼都辦不到的無能廢物在網路上自稱總監就想募集團隊成員，一問之下卻又腦包得把無酬接案講得好像理所當然，到最後不只是遊手好閒地什麼都製作不出來，等發現我是女的還糾纏不休地想約出去見面……告訴你，我最討厭的就是那種人。」

「台詞這麼長又具體過頭，聽起來只像個人經驗談耶？」

難道這傢伙以前碰過不少狀況……？

「你讓我想起令人反感的往事，所以我要回去了。我會回去睡一覺然後全部忘掉。」

她果然遭遇過什麼……

「那麼，下週見。」

「啊，妳等一下。」

「什麼啦，已經沒什麼好說……」

「之前推廣的那部作品出完了，我就帶來學校了。妳拿去在週末轉換心情如何？」

「……掰。」

也不知道這傢伙有沒有把我最後說的話聽進心裡……

她最後免不了又狠狠地瞪了我一眼，然後便身段筆直地沿著走廊正中央離開了。

「……掰啦。」

澤村・史賓瑟・英梨梨。

結果美術社好手兼學校公認魅力第一的假面具公主，今天仍芳心不悅。

※　※　※

「好啦，在滿載夢想及希望的星期五週末，各位打算怎麼度過呢？」

「比集合時間晚到還用那副語氣，我覺得不對吧？」

當我抵達約好要見面的視聽教室時，加藤已經效率迅速地鎖上門，正準備將鑰匙帶回辦公室歸還。

「哎呀～～抱歉抱歉，當我要離開教室時，強悍的班長就喊著：『站住，今天輪到你掃地～～！』然後就追過來把我攔住了。」

「先不管那個，我已經把門鎖好了，今天的社團活動就這樣結束，可不可以？」

「……對不起，是我遲到不好。」

對於有點花心又好色但本質不讓人討厭的美少女遊戲男主角式問候，加藤隨口應付掉了。

不過，話說回來，面對只不過晚到十分鐘，就想把主角擱下自己回去的反式美少女遊戲人物，也許我的應對方式是不太妥當。

「啊，可是所有成員好不容易像這樣到齊了，我們要不要找個地方聊一下社團以後的運作方式？」

「雖然『所有成員』聽起來有點詭辯的味道……不過也對啦，那要順路到之前一起去的那家店嗎？」

「嗯，那樣不錯。再說去同一間店，也能節省背景圖片的張數。」

「……雖然我不懂你的意思，那我們走吧。」

「啊，我順便去置物櫃那裡一趟。」

「那麼，就先到教室囉。」

於是，加藤彷彿理所當然地對我的邀約表示ＯＫ，然後稀鬆平常地在走廊上踏著貌似愉快的腳步。

儘管認識以後只過了一個星期，但從旁人眼光看來，我想我們之間的關係大概培養得挺順利的。

先是分到同一個班級，慢慢地開始變得有話說，再一起成立社團，兩個人就這麼習以為常地共度每一天……

「所以呢，關於社團往後的運作方式，你想到什麼了？其他成員有沒有著落？」

「……好啦，在粉碎夢想及希望一籌莫展的星期五週末，各位打算怎麼度過呢？」

「我覺得，目前你只用了一招來募集成員耶？」

「只要想到有句話叫『知一得百』，要將一招當一百招來用，倒也未嘗不可。」

「你在字面上解釋得好像有道理，可是根本牛頭不對馬嘴吧？」

然後，她就會和我一起克服眼前的困……看來是不會。

儘管認識後差不多過了一個星期，從社團內部看來，我想我們之間的關係大概正逐漸固定於朋友定位。

「唉，總之只能鍥而不捨地多說服一陣子囉。」

「咦，你還沒放棄讓澤村同學和霞之丘學姊加入嗎？」

「嗯，再說我從一開始就不認為，光一天就能讓她們說ＯＫ。」

昨天那段企畫介紹，無論用多偏袒自己的角度來看待，結果都算慘不忍睹。

畢竟當時我遭遇到的是否定、臭罵、質疑、同情的四重折磨。

高聳得令人眼花的阻礙，擋在我們兩個眼前。

「反正不管怎麼做，不先將那兩個人拉進來社團，什麼都無法著手嘛～」

「問題就在那啊，安藝。」

「問題就在哪啊，加藤？」

「門檻根本從一開始就太高了啦。」

「可是，光兩個人又製作不了遊戲。」

呃，雖然也有獨力製作同人遊戲的人存在，不過那至少得是個通曉寫劇本、繪製原畫、以及編寫程式碼的人，就算人力再多，對劇本、原畫、程式碼都不懂的我們兩個，當然不符合那項條件。

……這項企畫果然是有勇無謀嗎？

「不過就算這樣，為什麼你最先找的會是那兩個人呢？」

「有哪裡奇怪嗎？要論實力的話……」

「追根究柢，那兩個人領域完全不同啊。」

「領域？」

「你想嘛，澤村同學是美術社的高手，霞之丘學姊是全年級第一名的模範生。」

「……喔，妳是指那個意思啊。」

我懂了，只要換個角度看，原來她們兩個也可以被評為那樣……

「要說的話，她們一個確實很會畫畫，另一個應該也寫得出好文章。但是就算如此，像她們那種和你屬於不同層面的名人，哪有可能來參加這種御宅族類型的社團啊。」

「呃，她們的確是名人沒有錯……」

看來在我和加藤之間，對那兩個人的認知有相當嚴重的落差。

呃，假如不了解她們的「本性」，會那樣想確實是不證自明的道理。

……真的有夠惡質耶，那兩個傢伙。

「更讓人覺得奇怪的是，你首先都找女孩子，感覺實在是……」

「……………」

抵達教室前的走廊後，我就刻意擋著加藤的視線，偷偷地打開置物櫃。

「安藝你果然有那種毛病，呃……就那個嘛，美少女遊戲腦？」

「…………」

緊接著，當我確認過今天早上收在置物櫃，重量超出一公斤的業界相關產品都消失得乾乾淨淨以後——

「該怎麼說呢？你是不是太常把二次元中的理想帶到現實了？」

「欸，加藤。」

「啊，我說得有點太過火了嗎？對不……」

「明天，妳要不要來我家？」

「……咦？」

我邀了加藤到「劇情回憶中常會出現於背景的那個地方（我的房間）」。

※ ※ ※

於是，星期六。

「讓你久等了～～」

「……嗨。」

加藤晚了三分鐘左右到集合地點，不過還是依約出現了。

「還好今天放晴耶～～天氣預報說得有點曖昧，我本來還在擔心呢。」

「也對啦。」

面對我昨天提出的唐突又頗具深意的邀約，加藤將手湊在臉頰大約幾秒鐘，露出思索的舉動。

可是，她立刻露出稀～～鬆平常的自在表情，回答：「嗯，好啊～～」就跑過來了。

這對我來說……不對，即使對我以外的人來說，也算程度相當的壯舉。

認識一個星期就把女性朋友帶回家裡，根本不是御宅族會有的行為。

儘管照一般來想，這肯定會演變成插旗的重要場面……

「哦～～原來安藝你家在這附近啊，我偶爾會經過喔。」

「我知道。」

「這樣啊？對喔，說來這裡就是我帽子飛走的地方耶。」

「……唉。」

妳現在才注意到？

我明明特地指定了這種附近連公車站牌都沒有的地方見面。

「總覺得你很睏的樣子耶？因為看深夜動畫嗎？」

「還好啦。看完以後，我沒有睡就去送報了。回到家以後才稍微睡了會兒。」

「安藝，從外表真的看不出你這麼勤快耶。雖然你努力的目的有點偏離其他人就是了。」

「…………」

然後妳就把送報的話題直接帶過了。

當時我的腳踏車上也載著一大堆報紙喔。

「感覺你看起來真的很累耶？」

「嗯……剛剛，忽然才覺得累的。」

「沒事吧？要不然我今天先回家好了？」

「不，沒關係。別提我了，妳那套衣服。」

「啊，這個嗎？這是我上個禮拜整套買下來的。天氣變暖了不少，我在想是不是該換春裝了。」

「是喔……」

針織開襟衫和褲子，都選了淺淺的暖色系來搭配。

的確，我覺得這也是符合春天情調的裝扮。

跟我這種人出來玩，還一如普通地打扮過才來，同樣該給她高分。

可是……

「會不會不合適？」

「不會，很適合妳啦。輕巧靈活，還不錯不是嗎？」

「謝囉。就是說啊，活動起來滿方便的，這套衣服我很中意喔。」

「這樣啊……那太好了。」

這樣啊，原來那套白色洋裝是冬裝。

呃，我知道連衣服也要求並不太合理。

可是該怎麼說呢？讓彼此留下些許淡淡的回憶也可以啊……

話說，她也不用在這麼短的對話裡連折三支旗吧……

「……你真的不要緊吧？」

「夠了，差不多該走囉，到我家。」

「啊，好的，那我打擾了～」

「還要走十分鐘才到。首先要爬這條坡道。」

「咦～安藝你家在坡道上面啊。要走這條路上去很累耶～～」

真的再也沒有人比這個女的更不懂得挑動御宅族的心了！

總覺得，我培養出自信了。

今天無論發生什麼，都不會對加藤亂來的自信。

「唔，雖然很亂，妳隨便找地方坐吧。」

「再說一次打擾囉～～……唔哇，真是典範級的御宅族房間耶。」

「是啊，我也想盡快成為典範級人物。」

「即使一副自然地說出那種話也不會讓人覺得噁心，大概就是安藝你作人成功的部分吧。」

「是啊，我也想多累積人望，獲得讓角色推出抱枕商品的本錢。」

「……抱歉，剛才那樣就有點噁心了。」

算了，雖然我多少也有料到……

加藤惠即使進了我的房間，態度依然一如往常。

既沒有緊張得說著：「啊，這個房間好熱喔～～」然後態度做作地打開窗戶；也沒有誤打誤撞地坐到床上，結果連忙說著：「對……對不起！」而立刻站起來；更沒有說著：「讓我搜搜看你藏了什麼好貨色～～？」一面在房間找起成人漫畫或ＡＶ，她完全沒有那種舉止。

唔，最後那個例子不對。

「好了，總之來玩美少女遊戲打發時間吧。不要緊，這個房間裡沒有成人遊戲。」

「『總之』和『不要緊』是怎麼來的，我聽得一頭霧水耶。」

所以，我也能保持往常本色，完全和找御宅族朋友來家裡玩的時候一樣。

玩遊戲要跑完一名女主角的劇情；看動畫要放完一部作品的所有集數，這就是回家的條件。

沒錯，來我家玩就是這麼回事……

『今天玩得很愉快，下次再約我喔。』

『那麼，我們回去吧。』

「所以說，你要募集成員可以啊。即使是我也明白，製作遊戲需要許多人力嘛。」

「製作PC美少女遊戲倒不一定是那樣，商業作品中，也有小公司是靠著兩三名人力將遊戲做出來的。」

「不過有句話叫適才適用啊，光照你的喜好挑成員也怪怪的吧……」

「那我反過來問妳，妳覺得找哪種傢伙才合適？」

「這個嘛，比如體型龐大、在冬天也會流汗、絕對不解開頭巾、稱呼別人習慣加個『大人』、而且還用『噠喔』或『唔呼』之類聽不懂意思的語尾……」

「呃，我敬謝不敏。話說妳覺得那樣好嗎？」

「咦～～我也討厭，可是沒辦法吧？而且基本上，聽說安藝你們那個行業就是靠那種人構成的喔。」

「我搞不太懂妳是狠心還溫柔。」

『今天真的好愉快～～絕對要再約我喔，說好了喔。』

『那麼，我們一起回去吧。』

「不過，首先最重要的應該是有沒有拚勁吧？」

「必要的是拚勁和能力。而且如果要選一邊的話，後者才重要。聚集一群烏合之眾又能做得了什麼？」

「就算你這麼說……」

「倒不如說，長相、性格、和性別都無關緊要。我用那種標準所選的成員只有妳而已。」

「可是你沒用那種標準所選出來的人，和用那種標準所選擇的我一比，都比在那種標準裡顯得更優勢，這樣我覺得有問題耶。」

「妳真的對調情的台詞都沒有反應耶。」

「不管那個，這款遊戲的畫風感覺有點舊呢。」

「因為這實質上就是老遊戲，它算是古典名作。」

『今天好累喔。』

『那麼，我要回家囉。再見。』

「可是，她們兩個對於御宅族領域都是外行人，我覺得還是太勉強了吧……」

「妳從哪時候開始認為她們是外行人的？」

「咦？什麼意思？」

「……妳的刻板印象很深耶，加藤。」

「哪……哪有。」

「剛才妳按的選項錯了喔。」

「咦，什麼時候變成在聊遊戲了？」

「妳選的禮物其實會讓好感度倒扣１。」

「咦～～！對女生只要送個飾品，就不會出差錯了不是嗎？」

「妳要節制那種自貶女性價值的發言。」

「誰叫她是遊戲裡的女角色，所以我才那樣想嘛。」

「…………」

「安藝？」

「好了，我們暫時中斷遊戲，進入休息&說教時間吧。」

「歇一下也就罷了，為什麼要說教？」

「加藤，妳不懂美少女遊戲裡的女主角。她們既不是單純的符號，也不是按對選項就肯定會作出相同回應的裝置。她們非得是有血有肉，而且比現實女性更具魅力的人類才可以！好歹妳也是接下來要成為美少女遊戲女主角的人，連這種基本的事都不懂要怎麼辦？」

「……至少先倒杯茶再開始好不好。」

『你看，這樣就不會冷了吧？』

『哇，好棒……是白色聖誕耶。』

「安藝，你面對任何人都不會退縮這點是你的長處，但我覺得還是或多或少看一下對象比較好耶。」

「……………」

「再怎麼說，都不應該找澤村同學啦。你知道她是什麼樣的人吧？」

「……………」

「安藝？」

「啊，抱歉，我的心跑進螢幕裡面了。」

「……啊，是喔。」

「所以，妳剛才說什麼？」

「我是說澤村同學啦。二年G班的澤村英梨梨。」

「是澤村・史賓瑟・英梨梨。她暫且還留著英國姓氏。」

「她是美術社的高手喔。去年一入學，馬上就在市裡的美術展覽會入選，成為全校的話題，

你知道嗎？」

「按那傢伙的實力來想，在市內規模入選是理所當然的吧。」

「唔？而且她家是有錢人，聽說爸爸還是外交官喔。」

「對啊，她父親來自英國，也確實是外交官，可是大概和妳想像的形象完全不同。」

「唔？？可是她都不會將那些引以為傲，又對任何人都很親切，最重要的是，她的外表本身就那麼搶眼，不只在同學間受歡迎，連在學長間也超有人氣。聽了傳言而特地跑去她班上見識的新生，據說到現在還絡繹不絕耶。」

「就是啊，她從考進高中以後真的隱藏得很完美。」

「唔？？？我問你喔，安藝？」

「欸，加藤。」

「咦，什麼事？」

「提到妳現在玩的這款遊戲，裡面有各種女主角對吧。」

「為什麼忽然說這些？」

「文組類型、理組類型、藝術類型、運動類型、回家社……變化相當豐富對吧。」

「唔……呃，確實有很多角色。」

「在這當中，有攻略起來簡單的女主角，也有相當困難的女主角。」

「對呀，掌握到她們和主角各項數值的關聯性以前，費了好多工夫。」

「可是呢，唯有一點是可以斷言的……」

「呃，那一點是什麼？」

「那就是……遊戲裡任何女生都可以攻略。」

「咦？咦咦？」

「像那個青梅竹馬，還有那個當經理的女生，還有美術社的那個女生都可以！」

「要說的話，澤村同學確實也是美術社啦……」

「不只這樣，連原本以為惹人嫌的男性朋友，都是可以攻略的女生！就連三年期間裡光是從走廊撞上來的那個女生也可以攻略！」

「聊得那麼遠，是不是已經偏離你想講的事情了？」

「不對，並不會！因為我想說的，就是一個人只要擁有拚勁以及熱情，什麼事都能夠辨得到！」

「說起來，美少女遊戲絕對會有正確選項，可是現實生活就不會那麼順利啊。」

『如此這般地，我的高中三年時光落幕了。』

『這三年裡，都沒有發生過什麼好事呢。』

「…………」

「…………」

「……別說現實生活了，連在遊戲裡也過得不順利耶。」

「妳在第二年春天約會時按的選項，果然是個敗筆。」

「而且還和現實中的季節莫名地吻合，感覺好討厭喔……」

我和加藤聽著從電視螢幕傳來的哀怨男歌手嗓音，一邊則沉浸在三年高中生活奮鬥結束的餘韻裡。

回神往外一看，映在窗口的景色不知不覺中已變得整片黑漆。

換句話說，我們等於一連獨處了五～六小時。

「已經這麼晚啦……那我差不多該回家了。」

「啊……」

說著，加藤站起身。

第一次約女孩子到家裡獨處的重要劇情事件，對我這個高中生處男御宅族男主角來說，算是順利得超乎本身能耐了。

互搶或著互推遊戲手把的過程中，我們的手相觸好幾次，也熱絡地聊起攻略方式和女主角的屬性，彼此共有過一段十分珍貴的時光。

「今天謝謝你。我玩得比想像的還要更開心呢。」

所以，今天玩到這裡就收尾應該也夠了……

「那我走囉。」

「等等。」

「咦？」

「我說過在跑完一個人的結局前，不會讓妳回去吧。」

「所以，我已經玩到結局了啊……」

「剛才那是ＢＡＤ結局。不算。」

不，不對。

基本上，我們一步都還沒有踏出去。

「可是，已經快七點了喔？外面又黑漆漆的。」

「啊，不要緊。今天我爸媽都是深夜才會回家。」

「那樣根本不叫不要緊吧？」

因為這樣做對我們社團來說，是必要的。

因為這是條不得不走的險峻道路。

「我們約好了吧，加藤……還不要回去啦。」

「安……安藝。」

「拜託妳！」

所以，我默默望著加藤。

我知道這很沒道理。

而且我也明白這會引起太多聯想。

即使如此，我……

「好吧，反正我和家裡說過今天說不定會比較晚回去，多待一下也可以。」

「還真的可以喔？」

事到如今，我覺得天不怕地不怕地在男生家久留的加藤也滿有問題的。

照這樣，就算拜託她和我上床，別說發脾氣了，感覺倒有一絲機會不是嗎……？

『你有毅力！和我一起以甲子園為目標吧！』

「那麼安藝，我們再帶回剛剛的話題。」

「嗯？剛才是聊到什麼？」

第二次遊戲，加藤似乎放棄第一女主角，將目標改換成藍色短髮的女生了。

「即使你說要攻略，又該怎麼做？」

「喔，總之先加入運動社團再一直參加社團活動，她就會自己對主角心動囉。」

「不是遊戲啦，我是問澤村同學的事。」

「……噢！」

看來被加藤拿來當話題的，並不是那個攻略難度和她一模一樣的遊戲女主角，而是攻略難度連藤〇詩〇（註：藤崎詩織，電玩遊戲《純愛手札》裡攻略難度最高的第一女主角）都要相形失色的現實女主角才對。

「之前她拒絕得那麼斷然，應該不願意再聽我們拜託了吧？」

「嗯，也許對方是那麼想的沒有錯。再說我的手機也被她設成拒接號碼了。」

「咦……？」

而且這是她第三十六次把我設成拒接來電。

「所以囉，我已經布局完成了。接下來只能等而已。」

反正她馬上就會忍受不了不方便而把拒接解除，真是學不乖的傢伙。

「只要那傢伙察覺到暗號，肯定會自己找上門來……」

「布局？暗號？那是什麼意思？」

「我想想看……比方說，要是對只顧萌的蠢豬推薦一款『女主角可愛到萌死人！』的遊戲，結果那其實是『萌系可愛女主角會死掉』的致鬱類遊戲，對方肯定會發火吧？」

「抱歉，我不太懂你說的意思。」

「那麼……比方說，假如對劇情至上派的偏激分子推薦一款『保證催淚！』的遊戲，結果那其實是程式錯誤一大堆又無法正常運作，讓人在別種意義上玩到流眼淚的遊戲，對方自然會抓狂吧？」

「你那樣說，根本就沒有比較好懂……」

「好了，接下來才是正題……同樣地，假如我要了一個討厭恐怖片的傢伙，把恐怖作品借給對方看，包準會惹火人的吧？」

「正題反而最容易懂，這樣對嗎？」

「然後呢，要是遇到那種倒楣事，總要向出借片子的傢伙發個牢騷才會罷休吧？」

「唔，我並不會耶。既然是借免費的來看，總覺得對片子的主人發脾氣也不太合情理。」

「不可能罷休啦！御宅族格外不會！」

特別是提供頭一個案例的事主，我記得自己在電話中花了三小時、實際碰面又花了六小時，費盡全心全力地把對方臭罵過一頓……

「呃，安藝，先不論你……不對，先不論所有御宅族領域的人，澤村同學應該不屬於你說的那種人吧……？」

「……妳這句話是認真的嗎？」

「咦？」

「加藤，妳認識真正的英梨梨……澤村．史賓瑟．英梨梨嗎？」

「我反倒覺得好奇耶，安藝你會不會對澤村同學熟悉過頭了？」

面對我煞有介事的挑釁，加藤一如往常地來了句平淡的吐槽，不過她難得戳中重點。

「……妳為什麼會那樣想？」

「要不然你看嘛，像是本名、家庭成員狀況、過去的事蹟之類的你都知道……是我想太多了嗎？」

唉，儘管那大概和女性直覺是完全不同的層面。

「再跟想太多的妳講一件事好了。」

說著，我走到朝西的窗口，筆直地指向窗外。

在那裡，從爬上坡道頂端才會到的我們家抬頭望去，有座地勢更高的山丘。

「妳說過，那傢伙家裡是有錢人對吧？」

「啊，不過那是傳言啦。」

「那也是事實。從這裡看得見一間大房子對吧？」

「啊啊，是那棟蓋在山丘上的豪宅嗎？那從我們學校的窗戶也看得見耶。」

「嗯，那就是澤村家。」

「咦？」

「順帶一提，那裡和我家屬於相同學區。那裡的小孩和我們家的小孩，都是唸坡道底下的嶋村小學和嶋村國中。」

「……咦？」

「不過，假如他們去申請私立學校，事情就不一樣了，可是澤村家……應該說史賓瑟伯伯在那方面，是個不會替小孩特別作安排的人。」

「咦？咦……？」

所以啦，以前發生過許多事情就是了。

「還有，現在從山丘上，有一顆光點朝這邊下來了對吧？」

「呃……啊，真的耶。是什麼啊，腳踏車？」

「那大概……」

我猜，那傢伙八成正氣得火冒三丈吧。

「安……安藝，那個停下來了耶！就停在這一戶前面！」

「嗯，對啊。」

真不知道是有多趕，淒厲尖銳的剎車聲迴盪了大約三秒。

「安……安藝，有人進來了耶！進來這一戶！」

「嗯，對啊。」

力道猛得讓門板撞在牆上的開門聲，同樣響遍四周。

不知道那傢伙有沒有把預備鑰匙好好放回盆栽底下？

「安……安藝，腳步聲越來越接近了耶！朝著這個房間！」

「嗯，對啊。」

這回換成一次跨兩階樓梯的腳步聲，急促地響遍家中。

「安……安藝，對方好像跌倒了耶！」

「都是那傢伙硬要用衝的……」

咚隆匡瑯地摔下樓梯的浩大聲音，同樣響遍家中。

那應該……挺痛的。

「安……安藝，這次又變成……呃～～」

「嗯，對了……加藤。」

「咦？」

「保險起見，妳先趴下。」

這次傳來的，是一階一階爬行上樓的沙沙聲響……

簡直像……唔，就那個嘛……呃～～

「這算什麼萌系戰鬥類動畫啦～～～～～～～～～～～！」

於是，伴隨著一陣頗像御宅族的怒吼，有個ＤＶＤ包裝盒飛了過來。

第四章　元始之**初**，神創造**樣版**（下篇）

「這算什麼萌系戰鬥類動畫啦～～～～～～～～～～～～～～～～！」

聲音傳來的同時，ＤＶＤ包裝盒高速旋轉著從我頭頂飛過。

耗了時間在垃圾遊戲或者爛動畫上面的消費者，常會用「我拿去當飛盤玩了」這種修詞來罵作品，而我碰到的正是那種惡魔行徑。

像這樣的傢伙八成會咒罵：「買了新書，結果女主角卻是中古貨。」然後一邊將收錄內容的媒體五馬分屍寄回給業者。實在令人唏噓。

「倫……倫也，你這傢伙……知道我最怕看恐怖片還這樣！」

「嗯？『這樣算是殭屍嗎？對，那是喬治羅密歐的經典名片』讓妳覺得不滿意？」

啊，對喔……剛才我還納悶那種爬行上樓的聲音像什麼，就是殭屍嘛。

「還有為什麼到第四卷才調包！第三卷以前明明都是真貨！」

「妳這不就大意了嗎？」

畢竟第三卷的劇情結束得非常吊人胃口，最適合動手腳。

「而且第四卷到主題曲為止都還是原本的內容，一進入正篇就忽然全部變成真人拍攝的血腥畫面！你還專挑噁心的場景剪輯！」

「不只那樣，我連ＤＶＤ盤面都是自己噴印的喔。」

堪稱絕對分辨不出真假的神來之作。

「好，那你是為了什麼？目的是什麼？請務必告訴我，你玩這種愚蠢低能幼稚的惡作劇整人把戲有什麼用意！」

「冷靜點。剛才那句話簡略成：『為什麼要玩這種愚蠢的惡作劇？』語意就很充分了吧？」

總覺得她激動過頭，重複用了好多意義相同的字眼。

「話說你為什麼要把我設成拒接來電！害我只能直接跑過來不是嗎！我根本就不想再進你家的耶！」

「妳自己先把我設成拒接的吧？這樣就扯平了。」

而且以一個根本就不想再進這個家的人來說，入侵得還真熟練。

不過，藏鑰匙的地方從我們唸小學時就沒有改過，而她記得這一點，表示……

「啊啊真是，我氣得頭都痛了……！」

「不，那是因為妳單純地腫了個包。要不要我拿醫藥箱？」

「追根究柢我會受傷還不是都你害的！你為什麼還那麼冷靜！」

「哎呀，妳真是一語中的。」

嗯～～這副不講道理的生氣模樣……多具優勢的屬性，簡直太過樣版了。

不過，樣版是道雙面刃。儘管那確實能輕鬆地讓角色鮮明化，但要是樣版得太過頭，就難免讓人倒胃口而進退維谷。

這傢伙平時也是個平衡度拿捏得不錯的角色，可是一旦像這樣發飆，就會淪為泛濫無奇的不講理角色……

「你又擅自在腦袋裡批評別人的角色性對不對！你這美少女遊戲腦！」

「誰叫妳那種像超能力者一樣看透別人想法的口氣，越講就越像樣版化的青梅竹馬角色！」

看吧，就像這樣。

啊，還有她超過十年以上都沒有嬌羞過，所以我死都不會叫她傲嬌角色。

「欸，我說……安藝？」

「噢噢……妳沒事嗎，加藤？」

這麼說來，糟糕，我在這幾分鐘內將加藤忘得一乾二淨了。

「……她是誰啊？」

加藤躲在我後面，彷彿飽受驚嚇地發著抖。

……如果是那樣倒很可愛啦，不過和平常一樣淡定的她，角色性就某種意義上來說也算始終如一。

「照剛才對話的文脈，假如闖進來的是別人就好笑了。話說加藤，妳和她已經在同所學校讀了一年以上吧？」

「安藝，你也和我在同所學校讀了一年以上對吧？」

「啊，妳那種輕快的吐槽感覺不錯。」

我一面在始終平淡的會話中答腔、一面指向加藤目光對著的女生開口：

「所以囉，這傢伙就是小學、國中、高中都一直與我同校的附近鄰居，澤村・史賓瑟・英梨梨。」

「不對啦……這樣的人才不是澤村同學。」

「正視現實如何？」

話雖如此，也難怪她無法相信。

平時宛如主張著「金髮就該這樣吧」而精明地束起的雙馬尾已經解開，蓬亂得慘不忍睹。

女生們憧憬的白瓷般肌膚，在額頭的部位暈開一大片紅腫。

男生們口耳相傳的澄澈藍眼睛，則像白眼的Q版角色圖那般橫眉豎目。

最後再穿個上下成套，胸口綉著嶋村國中校徽的綠色體育服，這實在是……

「等……等一下，倫也。」

我這個以模樣而言要當作「形象落差萌」也太有難度的青梅竹馬，似乎總算察覺到目前房裡的狀況、或者人數、或者男女比例，然後才稍微放低音量對我問道：

「……她是誰啊？」

「我們都讀同校同學年，而且我兩天前剛和妳介紹過耶……」

「嗯，別人對我的印象大概就是這樣～～雖然安藝你用同樣態度對我的時候，我就發現了。」

或許是在我那一次已經稍微適應了，加藤依然薄弱的反應中，也顯露出些許堅強。

……我更覺得她這麼乾脆地接受別人記不住自己的現狀，以第一女主角來說好像已經沒戲唱就是了。

「呼嗯……」

「那…那個……？」

「妳暫時不要動！」

「好……好的！」

英梨梨在站直不動的加藤身邊繞起圈子。

「欸、欸……安藝……」

「別把我牽連進去。」

「是你把我牽連進來的還那麼說？」

彷彿有隻隨時要變成奶油的金色老虎（註：童話故事《小黑三寶》。該童話裡有三隻繞著樹不停打轉，最後融化成奶油的老虎）盯上了平凡青蛙，她們倆這幕被我比喻得有點莫名其妙的相見歡太有喜感，我完全無意靠近。

「是我的心理作用嗎？我好像被狠狠盯著耶……而且還是被校內有名的澤村同學盯。」

「別介意，那傢伙是大近視。在學校會戴隱形眼鏡就是了。」

「真……真的只是因為那樣嗎？光那樣她就顯得這麼……」

「顯得……什麼？」

「呀唔。」

唔，雖然我要加藤別介意，不過她現在的心情我很能理解。

英梨梨沒戴隱形眼鏡時的視力和眼神都糟糕到極點。

「呼嗯，妳就是倫也的……」

「我……我們是朋友。」

「不管妳是他朋友、女朋友或者炮友，我都沒興趣啦。」

「呃，最後那個稱呼未免也太失禮了吧……對我而言。」

「別介意，那傢伙性格超惡劣的。在學校會假扮得很完美就是了。」

連加藤特地沾濕自己的手帕來幫她冷敷紅腫的額頭，也絲毫不會感恩，她就是惡劣到這種程度。

平常她在毛茸茸的金色毛皮裡，將貓咪布偶裝的拉鍊藏得讓人看不見……

「好了，給我說明……其實也不用啦。」

將加藤渾身上下瞪完一遍以後，英梨梨終於顯得平靜了點，接著就像房裡只有她一個人似地挑了個放鬆的姿勢歇著。

……雖然我覺得在男生房間盤腿坐著是不太像話，總之先不對這點吐槽。

「簡單說，就是她又被找來陪你實踐，你那出於盲目又自我中心的狹隘慾望，還自以為最強地隨興構思而成的愚蠢策略了對吧？」

理應冷靜下來的她，卻依然將詞意重複的字眼用得過頭就是了。

「哎呀，還好妳在今天之內就收到我的訊息。要是妳再不來，我今天晚上就必須叫加藤留下來過夜了。」

「咦？原來我差點被要求留下來過夜嗎？」

拖到現在才反應過來的加藤驚呼。

嗯，如果冷靜思考，她等於是第一次到剛認識一個星期的男生房間裡玩，就被要求『今晚不讓妳回去』，會動搖也是理所當然吧。

「這位同學，記得妳是叫加藤對不對？妳什麼都不需要擔心喔。這個男的就算和女生獨處，也只有通宵玩電玩或者動畫馬拉松的選項而已。」

「什麼話，我現在才不會光玩瑪○歐賽車就玩到通宵。我也可以徹夜討論戀愛啊。」

「只是遊戲類別變成美少女遊戲而已嘛。」

說著，英梨梨目光輕視地望向螢幕映出的遊戲畫面。

「而且現在還玩這麼老舊的遊戲……」

「請叫它古典名作。話說英梨梨妳以前還不是迷過。」

「那是讀小學時的事了吧。而且還是你哭著央求：『玩完一個人的結局以前不可以回去』逼我玩完的……」

「你的台詞從小學時就完全沒變耶，安藝。」

「壞都是壞在心愛的見○（註：《純愛手札》的女主角之一，館林見晴）太合我喜好……」

「咦，這是什麼？好可愛喔……」

「妳看，翻閱網頁的歷史記錄，就可以回溯到幾年前左右。將畫風演進至今的轉變看一遍，

也是趟有趣的旅程喔。」

「你少教她多餘的知識。被看到以前畫的圖，對作畫者來說有的時候會比死還難過。」

「妳別存下來不就好了。」

「那樣就賺不到點擊數了吧？你講那什麼廢話啊。」

「好好好……」

「原來澤村同學也會畫這種萌系的圖……」

加藤的視線，被我這台電腦顯示著「歡迎來到egoistic-lily的網頁！」字樣的頁面吸引住了。

「還有，澤村同學真的是御宅族啊……」

她盯著的，是滿載了最新人氣動畫及熱門美少女遊戲角色圖，完全趕上萌系取向和時代潮流又討好大眾的網頁。

「你給我記住，倫也……」

「哎呀，不亮出實際的東西，絕對取信不了她嘛。」

實際上，即使在本人如此蓬頭亂髮地穿著運動服現身眼前以後，加藤仍然不肯理解澤村·史賓瑟·英梨梨是個宅女的真相。

因此，我只好像這樣揭露英梨梨所有的情報，以期藉著文化衝擊的蠻橫手法，逼加藤睜亮她緊閉不開的眼睛。

簡介：
網路代名：柏木英理
社團名稱：egoistic-lily
性別：♀
生日：六月二十五日
預定參加活動：四月三十日　COMIC☆Niche
A-26　egoistic-lily
預計出本《自行車H&H》（二十四頁）

看到網路代名「英理」以及社團名稱「lily」，還有打開這個網頁時，英lily……

英梨梨那鬧情緒的表情，加藤好像終於肯理解我想說的話了。

「真是的，騙我看根本不想看的恐怖片、又害我在樓梯受傷、到最後還揭穿我的網頁，你真是個差勁透頂的人渣耶。」

雖然就如同表情顯示的，英梨梨徹底鬧情緒了。

「哎，別那麼生氣啦。拿去，真正的第四卷，妳帶走吧。」

「這是我本來就要和你借的東西不是嗎！還被你算計，吃虧的完全是我。」

「……另外，這個則是購入全套ＤＶＤ才能拿到的特典草稿畫集。」

「唔……難道那就是應募明信片只附在瞬間掃空的第一卷初回限定版裡，據說還讓粉絲哭天搶地的稀有周邊？」

「對啊，在網路拍賣上的價格輕鬆破萬。而且刊載了作畫導演的所有角色草稿。我想這個在製作同人時肯定大有助益就是了……」

「……你怎麼會想把那種寶貝放手？」

「既然要賠罪，總得表現出誠意……說是這麼說啦，其實我還多買了一套用來保存喔。」

「你的技倆還是一樣卑鄙……我可不會還你喔。」

「隨妳高興。」

「原來，澤村同學真的是個打從骨子裡的御宅族……」

此外，從英梨梨被「初回限定」還有「特典」釣到的這種心理，似乎也間接讓加藤理解到我想說的話了。

「這樣妳懂了吧，加藤？這個在學校裝成千金小姐，背地裡卻深深涉足同人界，還靠著寄生人氣類別而賺翻的宅女，對我們製作美少女遊戲來說有多必要！」

「唔……呃，那個……」

「我還是決定回家了。你不如去死一死。」

「不，英梨梨，我絕對要拉妳加入！只要有妳那卓越的設計能力、和立刻就能跟上流行畫風的巧筆，肯定連這個沒多大特徵的加藤，也能變成萌死人不償命的角色……」

「唔，意思是說，要用我這種沒有特徵的人物當藍本，沒有澤村同學那種等級的作畫能力就救不回來嗎……？」

「錯了，因為（我聽說）無論是輕小說或美少女遊戲，銷量有九成都是決定於插畫！」

「那句話我聽不出哪裡有打圓場的作用耶，安藝。」

「你那個企畫改成不找藍本，直接生個原創角色，門檻是不是比較低？」

「呃，那樣就傷腦筋了。畢竟有加藤才會有這個企畫。」

「隨便，反正我沒有意願畫，怎樣都好。」

「呃，那樣也很傷腦筋。畢竟沒有英梨梨就無法讓這個企畫成立。」

「那個企畫是有多禁不起考驗啊！你要效法即使初代工作成員全部跑光，空留公司名稱和版權也還敢若無其事地推出續篇的某作品啦。」

「別說了！『我本身』很尊敬那種公司，但是這和那是兩回事吧！」

「呀啊啊啊啊啊～～？」

「唔？」

「怎……怎麼了，加藤？」

於是，在我和英梨梨針對續作Fan Disk大舉泛濫……不對，大舉席捲的業界現況而激烈爭辯時，加藤發出驚呼。

「你……你看一下，安藝！這個女生，感覺身上怎麼有地方被塗掉了？」

「咦？唔哇！加藤，妳點了『請問你年滿十八歲嗎？』的按鈕對吧？」

「哎喲……妳怎麼會連到那個頁面去啊？」

朝加藤所指的畫面一看，剛才還滿臉笑容擺出萌姿勢的變身系女主角，如今正被兩個透明人從前後插入而快感深刻地口水直流。

「啊……啊耶？澤……澤村同學，這是……？」

「這種事是不是別一一問清楚才符合禮節，加藤同學？」

「畫的人才更不合乎禮節吧？」

「妳在說什麼啊？未成年人確實被禁止閱覽十八禁圖像，可是未成年人沒有連畫十八禁圖像都被禁止喔。」

「這表示說，當下違反規則的只有加藤而已囉。真是的，明明未成年，妳怎麼會點下『是』的按鈕？」

「連安藝都怪我？」

唔，也許對加藤來說刺激是太大了，不過這就是同人投機者柏木英里，亦即澤村・史賓瑟・英梨梨的另一副真面目。

創作類別屬於動畫／遊戲類。

她屬於不會深入鑽研某個類別，而是每有人氣作品出現就迅速切換題材，好將類別效益利用到極限的那種創作類型。

刊載於網頁的插圖基本上是每天更新。

單日點擊數輕鬆就能超過數萬。

幾乎每個月都會參加同人活動海撈。

目前的人氣要在comike歸類為牆際社團（註：在同人活動中，主辦單位會將牆際優先分配給容易大排長龍的社團攤位）也遊刃有餘。

而且可以說，撐起那份人氣的，就是即便她擁有單純只畫萌系插圖也賣相充足的畫技，卻也不容妥協地連凌辱題材都敢放膽去畫的架勢。

呃，我沒看過這傢伙畫的十八禁本就是了。畢竟我未成年。

「可、可、可是……經營十八禁網站不就違……」

「那妳不用擔心。因為經營網站的是我爸爸。」

「咦……？」

「還有在活動時負責賣本子的人也是她爸爸……」

「咦……咦咦？」

「所以我說過了吧，加藤。那跟妳心目中的外交官形象並不一樣。」

英梨梨確實如大家所說，是個在純粹環境下培育出的精英分子沒有錯。

只不過，培育方向和外界的認知差異甚大。

這傢伙是由外國宅男父親和腐女子母親生下的直系純種……

金錢和父母的理解，矛盾性最強的兩種要素，或者該說是武器和防具，都齊備於她這名最強的御宅族身上。

「嗯，不過加藤講的也是切中要點。英梨梨，妳應該從十八禁類別收手比較好吧……不對，要畫十八禁就等妳滿十八再說，不是比較好嗎？」

「誰叫那一類比較好賣。」

「呃，我跟妳強調過了，同人創作屬於興趣，所以重點不在好不好賣啦。」

「你說什麼啊？重點當然是好不好賣啊。」

「什……」

「硬是推銷自己的喜好，也只會讓客人跑掉而已喔。要是不觀察流行並即時提供符合需求的商品，人氣才不會長久。」

「英……英梨梨。」

瞬間，我脖子後頭感到陣陣刺痛。

因為英梨梨那太過傾向榨取型御宅族的發言。

因為她的信念，已經和我們小時候一起追逐夢想時背離得太遠。

「還有，我倒認為這是最重要的……如果作品賣不出去，如果沒有人氣，作同人活動才沒有意義。」

「不對！」

「咦？」

「妳不是會把事情想得那麼天真的傢伙！妳原本是個更青澀的人才對！」

所以，我放聲叫了出來。

她與我從小認識的，那個喜好稍微偏頗的女生已經背道而馳……對於扮黑臉扮得讓人難過的英梨梨，我感到痛心疾首。

「本來就是吧！想得那麼簡單的傢伙，能持之以恆地創作嗎？能像妳接二連三地別說是每個月都有，而是每週都有的活動中推出新刊嗎？」

「倫也……」

以前的她不是這樣的。

原本她是個被我硬逼著玩美少女遊戲，結果自己也玩得入迷，還在自己專用的記錄卡當中，將遊戲進度玩到連「恭喜全破所有角色」的ＣＧ都出現的可愛女生。

「那種熱忱，不是光靠衝人氣或者打生意算盤就能持續的吧？」

原本她是個畫技拙劣，卻會笑著將滿懷愛情畫出的片○同學（註：《純愛手札》中的角色之一，片桐彩子）現給我看，讓人感到十分有魅力的女生。

「沒熱情根本撐不了吧！」

「我還是畫得下去喔。」

「我難得把話說得這麼慷慨激昂，妳退讓一下嘛！」

「反倒是那種全心打著生意算盤的創作者，才能穩定地參加許多場活動，然後不出差錯地賺到錢喔。像是常和我鄰攤的某個社團，他們可厲害了……」

「別說了別說了，不要打破消費型御宅族的夢想！」

我的脖子後頭瞬間感受到令人結凍的寒意。

不行，果然不行。我和這傢伙已經無法再相互理解了。

「倫也，照你所說，你接下來也會站到榨取的這一方喔。還抱著那種天真的夢想可撐不下去喔。」

「才不是呢，我作的不是生意，我重視的是表現自由！」

「那麼，你說要替那個女生包裝是假的囉？就算賣不出去、沒有多少人認識、又無法讓外界認同她這個角色，你也根本不在乎？結果，你純粹只為了自我滿足？」

「唔……」

雖然我覺得商業和同人作品在議論時被混為一談了，可是現實中的同人界本來就會兩者交相混雜，提不出有力反駁的我，因而咬起嘴唇。

而對於這種劍拔弩張的氣氛，有個女孩子正感到心痛……

「那……那個，你們兩個別吵了……」

「妳安靜！」

「加藤，妳現在不用插嘴，乖乖地繼續玩遊戲就好了，行嗎？」

「呃，我為什麼會被找來這裡……？」

心痛的女孩子有是有，但現在反而礙事。

『欸，要玩哪種設施？』

『↓鬼屋』

「好啦，倫也，結果你想把這個女生打造成什麼樣的女主角？」

「什麼樣是指……？」

「虛擬偶像？VOCALOID？國民女友？3D定○少女？」

「不對吧，最後那個……」

感覺連上USB線就更危險了。（註：成人電腦遊戲《3D定製少女》這款遊戲可與外接的USB情趣道具一同使用）

「哎，反正我沒意願參加，怎樣都好。」

「可是妳把超惹人厭的方針提得很具體。」

『嗯～～我好像有點累了。』

「還有，最後照樣把她畫得沾滿白濁色也可以嗎？」

「妳的創作性裡面就沒有普遍級的概念嗎？」

『今天謝謝你。要再約我出來玩喔，那麼再見了。』

「哎，假如你想貫徹萌系到最後，我覺得甜蜜性質的親熱也是可以。」

「那……那個，可以的話，希望你們規劃方針時要讓未成年的我也能買……」

「……等等！加藤！都這種時候了，妳又選錯選項！」

「咦～～已經讓她心動成這樣了，怎麼選都可以吧？這個女生一定會來告白的啦。」

「為什麼不盡全力到最後！妳在現實生活中約會也說得出那種話嗎？」

「哎喲，知道了啦。那我從邀她約會的記錄讀檔就可以了吧？」

「妳不懂，妳根本還是不懂！人生和遊戲都是一局定勝負，按下重置鍵根本是邪門歪道，我從剛才就說過好幾遍了吧！」

「我看錯妳了，加藤同學。」

「咦？澤村同學……？」

『我作了便當帶過來。一起吃吧？』

「英梨梨，妳一直以來都只有畫人氣作品的二次創作吧？」

「你又對那有什麼意見？」

「妳差不多會想靠原創作品闖出名堂了吧？」

「並不會……」

「不，妳應該會那樣想。自己原創的作品要是紅了，同人銷量就會再往上翻，教我這個道理的不是別人，就是妳吧！」

據我所聞，按工作量而言，製作美少女遊戲和成人遊戲的收入並不出色，實際上要靠同人誌賺錢似乎會輕鬆許多。

換句話說，接下遊戲製作工作的人，是為了藉同人管道增加收入，不得已才會……呃，雖然這好像僅限於部分作家就是了吧？

「那是商業領域的狀況。在同人界，而且還是渣一般的個人社團打算靠著作品大紅，有那種閒工夫空想的話，我都能畫出五本新刊了。」

「妳不記得嗎？在同人界沒沒無名的弱小社團，將興趣發揮到極致而製作出大長篇，在短短幾年內就稱霸業界的那段奇蹟。」

「那種模式會成功，到頭來理由還不是出在劇本夠神？就算原畫再怎麼努力……啊。」

「所以那方面我也不會漏掉，陣容堅若磐石。」

「唔……」

「終歸一句，妳以為負責劇本的會是誰？就是那位，霞……」

「雖然我本來就沒有意願，但如果那個人要來，我百分之百不參加。」

「……本來就沒有意願，為什麼妳卻要特地強調『那個人』？」

「澤村同學，這麼說來在最初聚會時，感覺妳對霞之丘學姊的態度是不是怪怪的？難道以前發生過什麼嗎……？」

「妳乖乖地玩遊戲就好。啊，炸彈冒出來囉。妳在搞什麼嘛。」（註：在遊戲《純愛手札》中，若是對女角色不聞不問，好感度的部分就會出現炸彈，引爆時會使所有角色的好感度一起降低，必須盡

快和對方約會才能解除）

「咦？啊，真的耶。好險喔。」

「……妳把話題混過去了對吧？」

「啥？你是什麼意思？」

「我也從之前就覺得納悶了，妳為什麼會那麼討厭詩羽學姊？畢竟彼此都是暢銷創作者，我以為妳們會談得來就是了。」

「你才是吧，對那個人的態度和去年一比，是不是差太多了？剛入學時你可非常熱情……」

「唔……呃，那個……」

「這麼說來，感覺安藝你對霞之丘學姊也亂彆扭的耶？難道以前發生過什麼嗎……？」

「妳乖乖地玩遊戲吧。在聖誕節以前不提升主角的體力就糟糕囉。」

「……你們兩個，其實個性非常相像對不對？」

『我相信，你會拿下正選球員的位置。』

『所以，請你往後也要繼續努力練足球。』

「…………」

「…………」

「那個，你們兩個都怎麼了？」

「咦？唔……啊，沒事。」

「我……我又沒怎麼樣啊？」

「欸，我說英梨梨，妳可不可以再重新考慮一次？」

「要我說幾遍『辦不到』，妳才會放棄啊？」

「一直以來，我不是告訴妳很多『緊接著會紅』的類別嗎？」

「所以，那又怎樣？」

「妳不覺得就算稍微回報一下也不為過嗎？妳以為妳家裡有幾套我買的遊戲和動畫？」

「妳提供的流行題材太偏萌系取向，都沒有爆紅過啊。要是涵括的類別再廣一點，會更有用的說。」

「唔哇，用那種高姿態要求別人，真有妳的。」

「總而言之，我下個月也有活動所以很忙。很抱歉……」

『還有……如果你不嫌棄，請帶著我到國立競技場。』

「……唔。」

「……嗚。」

「你們兩個，是在哭嗎？」

『如此這般地，我高中的三年時光落幕了。』

『往後，我希望能和沙〇（註：《純愛手札》的女主角之一，虹野沙希）**一起走下去。』**

「…………」

「…………」

「…………」

「遊戲……結束了耶……」

「是啊……」

「啊，外面變亮了。」

※　※　※

於是到了隔天早上……

「啊，早安，安藝……呼啊～～～」

「…………」

進來教室的加藤，十分自然地頭一個向我打招呼。

星期六被關在我房間裡一整天，到星期日早上才滿臉愛睏地回家的她，似乎在星期一早上仍留了點當時的睏意。

「呼啊～～……怎麼了？」

「雖然由我來說不太對勁，但妳都不會有挫折耶。」

態度從容自是不說，還肯找我講話就非常了不起。

這種菩薩心腸已經達到令人崇敬的境界了。換成是我，就不會理我自己。

「唔，突然外宿滿傷腦筋的就是了～～我半夜和家裡聯絡過一次，就算這樣還是被媽媽問東問西耶。」

「那是當然的吧。」

假如不問，就無情得讓人懷疑是不是斷絕母女關係了。

「不過就算說真話，我媽媽八成也不會相信，所以我稍微編了一點內容。」

「妳怎麼和她說的？」

「我說我是在澤村同學『住的地方』過夜。」

「……有種微妙的詭辯調調，不過妳沒說謊嘛。」

加藤和英梨梨，是在星期日早上七點一起從我家離開。

換句話說，加藤到我房間過夜時，英梨梨就是住在我那裡。

「還有，我跟我媽說那座山丘上的豪宅就是澤村同學家，讓她嚇了一跳。」

「……妳還挺會使壞的。」

兩件事根本沒有直接牽聯，卻能實話實說地讓對方產生絕妙的誤解，這種詭辯太犀利了。

「話又說回來了，結果徹夜過後仍然沒有任何進展耶。」

「別告訴我，妳這是暗指社團成立後的建樹。」

「啊哈哈，有可能喔。比如號稱要集訓，到最後卻都在玩～」

「都叫妳別烏鴉嘴了。」

「啊～但是說來說去，那還滿好玩的耶。」

「是喔，那再好不過。」

「在約會的過程中越變越認真，還用心煩惱要送什麼禮物……就是因為這樣，最後聽到告白時滿感動呢。」

「……那真是太好了。」

「你怎麼了，安藝？感覺你是不是在東張西望？」

「沒……沒事。」

嗯，我確實正在東張西望。

因為從剛才，我就提心吊膽地留意著加藤的台詞有沒有被誰聽見。

「外宿」、「徹夜」、「約會」、「禮物」、「認真」、「告白」……

能讓人順理成章會錯意的詞彙，滿載於加藤音量不大不小地說給周圍聽的台詞裡。

故意的嗎？這是故意的嗎？妳想促成既定事實嗎？

原來妳對我有意思嗎，加藤？

「……無異常。」

「什麼啊？」

上課前的教室，除了我們以外，已經有班上一半的同學在。

只要有人稍微用心聽，加藤粗心講出的台詞，應該已經傳進五個以上同學耳裡了。

然而……

「真的耶，毫無異狀。」

「所以，你是在說什麼？」

嗯，我是眾人公認的御宅族又愛二次元，我也承認自己是班上與現實女友最沒有緣分的人。

所以我倒不要緊喔。可是就算這樣，加藤妳也太……

「夠了，快要開始上課囉，妳回座位吧。」

「總覺得你怪怪的～～……啊。」

儘管她是個長相可愛，個性大方善良，又滿會打扮的女孩子。

在「適合輕鬆交往的女生」排行榜當中，即使名列前茅也不奇怪，但受注目度卻這麼低。

通往第一女主角的路途，還很漫長艱辛吧。

不過看著好了，我遲早要將加藤捧成全世界……不對，全日本……不對，全業界……要不然至少也要捧成校內的第一女主角……

「惠……惠！」

「妳來一下，這是什麼情形？」

「這太棒了，怎麼會這樣啊？」

沒錯，感覺就像如此……

「太好了，我終於找到妳了……加藤惠同學。」

「……澤村……同學。」

「慢著，唔？」

不知不覺中，我和加藤周圍已經被班級裡一半以上的同學圍住了。

沒錯，非常受到矚目。

大家的目光，終於集中到加藤身上了……

「昨天我還來不及道謝，妳就回去了。找妳費了我不少工夫喔……沒有啦，是不知道妳讀哪一班的我太薄情，對不起。」

「咦？咦？」

並沒有。

加藤眼前，是梳理得晶瑩剔透，宛如主張著「金髮就該這樣吧」而精明地束起的雙馬尾。

再加上女生們憧憬的白瓷般肌膚，男生們口耳相傳的澄澈藍眼睛。

對我以外的人屬於普通版本，對我來說卻屬於完全假扮的英梨梨就在那裡。

「咦～～怎麼了，惠？昨天妳和澤村同學發生過什麼嗎？」

於是，受到這等注目的加藤，自然開始被周圍同學興致勃勃地發問。

「也沒有發生過什麼啦……就是一起過——」

「她借了手帕給我！」

「唔喔～～？」

「安……安藝？」

英梨梨那傢伙……為什麼要踩我的腳？

差點說溜嘴的是加藤，而我不只一句話都沒講，更完全沒受到周圍注目。

……啊，就是因為沒被注目，出腳踩我才不會在加藤以外的人面前露餡？

「我一不小心受了傷……然後路過的加藤就特地留步為我包紮……」

「哦～～發生過那種事啊～～妳很棒耶，惠！」

慢著，這番話是棒在哪裡？

你們對英梨梨的反應未免太奇怪了吧？

要是有別班的人堂而皇之地走進教室，一般都會用顯露出敵意的視線迎接吧！

這樣她簡直……就像第一女主角不是嗎？

「加藤同學真的對我非常親切……」

「啊……呃，妳腫起來的包沒事吧？當時『叩』的好大一聲——」

「我是被薔薇的刺傷到手的！」

「唔喔～～～？」

「安……安藝？」

說著，賣乖的第一女主角就用腳尖踢中我的小腿。

周圍明明有十個人以上，為什麼都沒人察覺我的慘狀？

「我在路過的一戶人家，看到庭院種了好漂亮的薔薇，忍不住伸手一碰就……對吧？是這樣對不對，加藤同學？」

「咦？啊……呃～」

……呃，其實我明白其中道理。這是魔術師用的手法。

一會兒令金髮搖曳生姿，一會兒用手撥起秀髮，一會兒又露出誇張笑容……

她藉著那些動作讓大家將目光集中在上半身，好製造機會讓自己盡情動腳踹人。

……她真的只在保護莫名奇妙的虛榮心這方面，變得格外有技巧。

「那時候的手帕對我助益良多。所以，要說是謝禮也有點見外……不過，我希望妳能收下這個。」

「咦，不會啦……」

英梨梨交到加藤手上的，是一條格紋緞帶。

「我購物時順便挑的。雖然只是份薄禮……」

「這……這樣啊。」

不，那我認得。

我記得那是史賓瑟家從以前就愛用的英國高級名牌貨。

小學時就有那麼一次，因為英梨梨和父母使性子，連放學到她家玩的我，都一起被她的家人帶出門「購物」。

儘管是有那回事……豈知去的那家店卻沒有價碼在五位數以下的商品。

我腦裡浮現自己聽到史賓瑟伯伯那句「你可以隨便選一個喜歡的」，而慌亂得哭出來的黑歷史了……

「我問妳喔，加藤同學，下次要不要來美術室玩？」

「咦，為什麼突然……」

「因為我還想和妳多說些話……而且，也有點想麻煩妳當模特兒吧？」

「模……模特兒？」

「是啊，在這次展覽會的畫作。」

「唔哇～～好棒喔，惠！」

「就是啊，被澤村同學邀請當作畫的模特兒，簡直難以置信耶！」

「棒得即使要當裸體模特兒也可以接受！」

「呵呵，當然妳還是把衣服穿著就行了。好不好？可以考慮看看嗎？」

英梨梨帶著有些惡作劇的神情，但笑容依舊高貴地向加藤貼近。

在周圍眾人的眼裡看來，或許那就像是兩個人的心縮短距離而成為朋友的表示。

不過，英梨梨作出這種舉動，大概是為了……

「澤……澤村同學，呃，這到底……」

「所以囉，加藤同學，昨天那件事……」

「洩漏出去的話我可不會放過妳喔！」

「唔～～～！」

那句恫嚇的微微聲息，被加藤倒抽一口氣的聲音所蓋過，並沒有傳到周遭。

除了直接聽英梨梨細語的加藤，以及看出她唇形發音的我以外。

「再見囉。隨時歡迎妳造訪……惠。」

最後，英梨梨留下一抹依然有著些許惡作劇神情，但又神祕的微笑，然後便優雅地從教室離去。

「…………」

「喂。」

「…………」

「加藤，我說加藤。」

「……啊？」

「……喂，妳沒事吧？」

英梨梨一走，班導師立刻就進來開起班會了。

然後又過幾分鐘，等班導師離開，學生們也動身到下一堂課的教室以後，加藤仍茫然地呆坐在座位，沒有辦法起身。

「安……安藝，那是怎麼回事啊？」

「還問怎麼回事……那是妳上週末在睡衣派對中長談交到的朋友吧？」

「我沒有穿睡衣……安藝你又沒有叫我帶睡衣去。」

「冷靜下來，妳的論點偏了。」

我倒想問，事先聽說要帶睡衣的話，妳就會作好心理準備帶去嗎？

「可是，她怎麼會特地來我們的教室？」

「妳知道太多她的真面目了。所以有必要將妳納入監視範圍底下，她肯定是這樣判斷的。」

「呃，我受到保護管束了？」

「算是緩刑吧？」

「我明明就未成年耶！」

彼此受到的刺激過大，耍笨和吐槽都顯得不夠力。

不知道為什麼光看句意還能連貫起來就是了。

「我好像贏不了澤村同學……」

「沒關係啦，妳不用贏過那種鮮明得很奇怪的角色。」

以前明明是個愛哭又可愛的青梅竹馬……為什麼會變成那樣？

「好恐怖……那個瞬間真的好恐怖喔，安藝～」

「嚇得差點尿出來？」

「嗚……你那樣問女生？」

「啊，抱歉，是我鬧過頭了，請妳忘掉吧。」

「哎……哎喲，雖然確實有那種感覺啦……」

「真可惜，失禁在成人遊戲裡會是個可以萌的屬性，但在美少女遊戲裡描述到那種地步就不合規範了。以劇情事件來說不能用……」

「……澤村同學比我想的還那個，不過安藝你倒是嚴重得和我想像的一樣耶。」

挑選原畫家的工作就這麼可喜可賀地回到起點了。

第五章　反正，我是吸引**男人**追的**女人**

接著，又到了星期六。

是在四月底，而顯得特別不同的星期六。俗稱的黃金週假期就從這天開始。

「早安……呼啊～～～～」

加藤現身時，又是晚了三分鐘左右才依約到車站前集合，不太好吐槽的登場方式。

「妳好像滿睏的。」

「我只睡了兩小時喔～～」

「別拿睡眠時間短來自誇，聽了感覺不愉快。」

對今天這個日子期待得輾轉難眠的亢奮感，在她臉上，看不到。

「好啦，買車票吧。我們是要到哪？」

「和合市。」

「唔，那不是鄰縣嗎？唔哇，車票好貴。」

「這趟要出遠門，我昨天跟妳說了吧。」

「話說回來，兩個人花一小時以上搭電車出門，感覺很像約會耶。」

「不是喔。」

「也對。」

唔，糟糕，我自然就毫不猶豫地否定了。

而且，對方也根本不顯得掛懷地表示同意。

該怎麼說呢？以某種角度而言，這真是理想的朋友關係。

或者該說是進入倦怠期的情侶嗎？明明都還沒開始交往吶。

「接下來，離電車到站還有時間，我去一趟便利商店好了。」

「記得先上廁所，畢竟移動時間很長。」

「去便利商店就已經包含那層意思了嘛，不識趣。」

「既然妳覺得不識趣，就別自己把話講明啦……」

說著，我望向加藤那腳步一如往常而不顯得雀躍的背影。

無袖白背心上面披著亮灰色連帽衫，荷葉邊褲裙底下露出的雙腿，則裹著皮膚色褲襪。

今天的裝扮，也和上週不同啊。

這傢伙衣服真的滿多的耶。

哎，我承認她的確很會打扮，但是以二次元而言，衣服常常換來換去會沖淡角色性啦。而且

區隔用的角色站姿圖也會變多。

所以這種場合反而要穿制服過來，然後一臉認真地問：「咦？即使是在假日出遠門，穿制服才符合常識吧？」像這樣超正經的女生，我認為在玩家還有遊戲製作者心目中都能得高分，不知道對不對呢？

……如果妳不是陪著會思索這些的電玩御宅族出門就好了，加藤。

「哦，妳有把那讀到最後啊。」

「所以才會睡不夠嘛，誰叫你借我的書總共有五本。」

「妳真的很配合耶。」

「沒有啦，內容有趣得讓我捨不得睡喔。謝謝你推薦。」

「這……這樣啊！」

在前往和合市的電車裡，加藤這麼說著而顯得愛睏地露出微笑。

她手上，有我昨天交給她的《戀愛節拍器》第一集。

那是昨天進行社團活動時，被我當成閱讀功課交給她的書。

「我以為輕小說完全是寫給男生讀的，不過這部作品，女生讀了也會掉眼淚耶。」

「對吧！夠催淚的對吧！」

「上次玩的美少女遊戲也一樣，沒有接觸就先排斥似乎不太對呢……不過，要是封面能設計得更容易讓人伸手就好了。」

「加……加藤，妳果然……」

對於希望她至少讀完第一集，好在今天以前理解作品價值的我來說，她的反應理想得超乎預期。

「所以不好意思喔，書可不可以等黃金週過後再還你？我想再讀一遍，這次我想慢慢咀嚼內容。」

「沒關係、沒關係！不用還也可以啦。反正拿給妳的那套是推廣專用，我還有兩套供自己看和收藏用的。」

「是……是喔？呃，既然你不用另外再買，那我就欣然收下了喔？」

「不，我當然還會買啊。少了一套推廣專用書，再補充是理所當然的吧？」

「這……這樣啊，謝謝你。」

說著，加藤露出有些傻眼似的生硬笑容。

看來她似乎還不懂，作品信徒在推廣成功時的心情。

「那妳覺得哪個部分好看？不對，連妳覺得不好的部分都告訴我，我想聽心得。」

「好啊，嗯……這個嘛，我想想看，要從什麼部分開始談呢？」

「快！趁剛讀完的熱情還沒消退，第一時間講出來的感想最重要！我們來聊吧！」

「安……安藝？」

可以聊喜歡作品的同伴變多了，和這種喜悅一比，區區幾千圓的破財根本不足掛齒……

「哎呀～～一下子就到了耶，和合市。」

「……對你來講，我想是很短暫吧。」

這麼說著而走下電車的加藤，表情顯得比早上更疲倦。

果然是睡眠不足的影響嗎？也說不定是暈車的關係。

她的臉色也有點蒼白。

「好啦，再換個話題，第三集告白場面之後的發展！那真夠神的對吧！」

「還要聊啊……倒不如說，話題根本就沒有變。」

「可是妳也沒想到吧？那個女生居然會闖進三角關係裡。」

「我沒想到……這個話題居然會持續一小時。」

「哎呀，要聊的話，三天三夜我都可以喔。」

「我想我即使花上一輩子，也還是沒辦法變成像你一樣的御宅族。」

這麼委靡不振，看來她果然是滿累的。

「別那麼說，打起精神嘛？畢竟我們接下來要去的地方，就某個角度來看可是聖地喔！」

嗯，在這種時候，男人就該拉她一把。

懂得體貼入微是成為現實充的祕訣，大概是吧。

「聖地是什麼意思……咦，這麼說來。」

「喔，妳注意到啦？」

對於穿過車站出口後抬頭可見的景色，加藤微微吞了口氣。

在初次造訪的人眼中，那塊地方，應該只是尋常無奇的站前繁華街。

然而，讓《戀愛節拍器》的讀者來看，就是別有感慨的地方了。

「原來是這裡啊……」

因為展現於面前的，正是翻開第一集就會進入眼簾的首頁彩圖景致……

「妳看這張在站前公園的長椅，不就是末章接吻那一幕的場景？」

「啊，對喔，構圖剛好是從這邊看過去的角度。」

說著，加藤看了我翻開的第五集221頁作比對。

「然後妳看，在那邊的漢堡店，不就是兩個女主角在第二集初次碰面的地方？」

「我覺得光看圖認不出來耶……」

「的確，可是情報並非只藏在插圖裡面。」

「你的意思是……」

「在這一幕之後，她們兩個走過斑馬線就立刻到車站了吧？表示只有和車站隔著一條馬路的這間店才能滿足條件！」

「……你還真能注意到這麼細微的部分耶。」

於是乎，加藤對我翻開的第二集148頁的文章看都不看地發出嘀咕。

喂，妳要確認清楚嘛。

「然後，接下來才是正題……妳看在馬路前面的那間書店。」

「啊，對喔……所以，那就是出現在第一集的……」

「沒錯，主角和第一女主角命運性相遇的帖文堂書店……今天的目的地，就是那裡！」

說完，我對加藤秀出第一集48頁、以及夾在其中的兩張票。

這正是排在今天的最後行程，也是最主要的目的……

「但結果他卻和那個女生分手了。」

「……是沒錯啦。」

主角選了從第二集才出現的另一名女主角，據說在最後一集發售時，這樣的衝擊性發展曾讓網路上討論得沸沸揚揚……

「原來有簽名會啊，既然這樣，你先和我說清楚嘛。」

說著，加藤一面排到帖文堂書店三樓的活動行列，一面端詳我交給她的排隊券。

上面有著今天的日期、以及「紀念戀愛節拍器最後一集發售　霞詩子老師簽名會」的字樣，感覺像隨便用打字機花了一小時製作印刷的簡樸設計。

活脫脫就是平時不熟悉辦活動的中小型書店，才會作出的玩意兒。

「哎呀，我之前真的不覺得妳會那麼迷這部作品，怕說出來被拒絕……」

「所以，『就連目的都不說地將人約出來好了』。我倒比較想問，這算什麼邏輯？」

「沒有啦，這樣比花時間解釋有效率不是嗎？」

「……我希望你可以像對待二次元那樣，對三次元的女生再重視一點耶。」

「唔……唔嗯。」

總覺得她有點鬧脾氣。原本不該是這樣的。

既然如此，我就臉紅地別過頭嘀咕：「就……就因為是妳，我態度才會這麼隨便啦！」如何？

……不行，面對青梅竹馬或損友定位的角色，那樣大概能插旗，但是對認識不滿一個月的人那麼說，單純是把對方認定成配角罷了。

哎，再說，我是和加藤出門……

「話說回來，真虧你能拿到排隊券耶。而且還有兩張。」

「畢竟跑這一趟，會花掉兩人份的電車和午餐錢嘛。外加來回的三個小時。」

「我第一次參加簽名會，不過能見到熱衷作品的催生父母，還是好興奮耶。謝謝你。」

「就是啊～～！」

她實在有夠上道……真的，讓人亂安心一把的。

「所以囉，這位霞詩子老師是什麼樣的人？安藝你認不認得？」

「呃……嗯，之前第二集上市時，這裡也辦過簽名會。」

「就像名字顯示的，是個女性嗎？」

「……是沒錯啦，反正妳很快就知道了。」

「讀完以後，我在網路上用『霞詩子』搜尋過，不過最先出現的是粉絲個人經營的網站，她本人好像沒有寫部落格或推特耶。」

「……是喔。」

「你怎麼了？有點發燒嗎？」

「沒有，哎……反正馬上就會洩底了，沒關係啦。」

「？安藝？」

發現我忽然轉頭紅著臉嘀咕，加藤一臉納悶地仰望過來。

唉，三次元的噁心阿宅忽然覺醒成傲嬌，除了噁心外沒別的字眼能形容就是了。

「……活動，差不多要開始囉。」

「啊，真的耶。」

聊著聊著，似乎已經過了活動預定要開始的十一點半，會場出現貌似店員的中年女性。

同樣讓人覺得對主持活動不太熟悉的那位店員，花了約五分鐘解釋完乏味的注意事項，接著會場內部的隔板一開，霞詩子老師就隨著掌聲出現了。

而她的身影……

「……我根本看不見耶，安藝。」

受阻於和我屬於同樣族群的人牆，加藤似乎還沒見到對方的廬山真面目。

「…………不要緊，請她簽名時就會直接面對面了。」

姑且要比加藤高一個頭的我，勉強能看見那位作家的身影，但我刻意不對她作實況說明。

沒錯，這要讓加藤親眼去確認才行……

因為這就是今天最大的目的，也是我鋪的最後一梗。

換句話說……

「……倫理同學？」

「咦？」

「您好，很久沒在這裡碰面了……還有我講過好幾次，別用那個綽號叫我。」

「霞之丘……學姊？」

「不，要叫她霞詩子老師才對……在這個場合。」

就是這麼回事……

輪到我簽名時，詩羽學姊和加藤之間的世界停止了短短一瞬。

※　※　※

「那麼我重新作個介紹，這位是三年C班的霞之丘詩羽學姊。」

入學以後，從未跌落第一名寶座，號稱豐之崎學園創校以來的秀才。

「另外，她的筆名是霞詩子。」

出道作《戀愛節拍器》全五集，至今已累積五十萬本以上的銷量，被人譽為輕小說界的新銳在學女高中生作家。

「然後，這位是二年B班的加藤惠。」

沒有其他需特別附註的事項。

「那麼，既然彼此都介紹完了，接下來就讓我們打開天窗說亮話……」

因為如此，這裡是原作第二集148頁的漢堡店。

「…………」

「…………」

「喂～」

附帶一提，這種尷尬氣氛也和第二集148頁幾乎完全相同。

不同處在於，書裡的男主角沒有出現在那一幕……可惡，當主角真好。

「欸欸欸，安藝……」

於是，先承受不了這種氣氛的加藤，朝著旁邊而非正面地嘟噥開口。

「呃，妳找我搭話也沒用吧？」

「可是，再怎麼說也太奇怪了啊。」

「嗯，我確實也同意這個人的經歷相當異常，可是妳當著本人的面講就太失禮了吧。」

「我說奇怪的是安藝你啦。」

「就跟妳說了，不可以當著本人的面說那個人異常嘛～」

這傢伙真不懂察言觀色。都不覺得我可憐嗎？

「又是人氣插畫師又是當紅作家……安藝你身邊怎麼盡是這樣的大人物啊？」

「不會啊，妳想想，加上沒有任何特徵的妳，不就取得平衡了嗎？」

「這種時候就不必提我了。還有你不用勉強拿我當笑點。」

不，我沒有特別勉強，是因為套得正好才這麼說的。妳低估了自己的角色薄弱度喔，加藤。

不對，這種情況該用「高估」才貼切嗎？

「你說你要找這麼厲害的人物來作同人遊戲？那樣是相反意義上的胡來喔。」

找美術社的千金小姐和學年第一名的才女搭擋作遊戲是蚍蜉撼樹。

找人氣同人插畫師和當紅商業作家搭檔就會變成泰山壓卵。

……國語真是深奧。

「可是，我又不認識其他會畫圖或者寫文章的人。」

「總覺得，你那樣就像只準備了兩枚核彈的軍隊耶。」

「可是能用那兩枚殲滅敵人就爽了啦啊啊啊？」

「唔哇？」

我這聲彷彿被差勁人渣攻陷的喊叫，和加藤彷彿慨歎年收入之低的驚呼重疊了。（註：安藝前面影射的是成人電腦遊戲《姫騎士アンジェリカ～あなたって、本当に最低の屑だわ！～》該遊戲的女主角會咒罵主角人渣，不過遭到攻略而淪陷時，就會在床第間叫得粗魯而放浪形骸；後面則是影射日本網路上，女性對結婚對象年收入未達三百萬日幣而不滿的某段知名討論）

唔，我用的那些比喻壓根沒有意義，但我想說的是……

「……你要和她打情罵俏到什麼時候？當著舊情人的面。」

「如果妳覺得我們是在打情罵俏，就不要做出那種會招來誤解的行為！還有不要隨口亂編造故事！」

我是指詩羽學姊悄悄繞到加藤的另一邊，也就是我右邊，還突然對我耳朵吹氣這樣不合常理的舉動。

「話說倫理同學，你特地來這裡做什麼？對我炫耀現在的女朋友？」

「拜託停下來，妳在這鎮上算是滿有知名度的人。」

「不要緊呀，沒有人會在意。比方說，你看在窗邊的男生三人組，我記得就是簽名會裡排在最前列的人。」

「妳是挑最要緊的範例來提對不對？」

唔哇，我已經被人屏息靜氣地瞪著了……

「不過像這樣製造些風花雪月的話題，我倒覺得可以成為作家的賣點，你認為如何？」

「妳那已經不是針對Fantasitc大獎，而是想得直木獎吧？」

連我都會感到顫慄的邪惡妄言……又是個強烈無比的屬性。

況且眼前這一位和某個英梨梨不同，還具備不知道會衝到什麼地步的危險性。

唔，這種情況反而會讓角色的毛病變得太搶眼，陷入讓人無法苟同的兩難就是了。

「同時實際上卻還是處女，這會不會令讀者一舉改觀而把我當成萌角？」

「不自然的處女角色會被抨擊，真的。話說妳要怎麼向大眾證明？」

看吧，她就是這麼誇張。

「欸……安藝，我問你喔？」

「加藤……我不知道妳以往對她抱持什麼樣的印象，但是，現在在妳眼前的這個邪惡之人，如假包換地就是霞之丘詩羽學姊本人。」

「咦～我才沒有想得那麼過分。」

「可是妳有感覺到和本身印象中的落差吧？」

「那……那個嘛，還好。」

證據就是加藤的表情變得淡白了。

這是她心裡藏著許多話想吐槽時的特徵……換句話說，就是「加藤惠」少數能展現出角色性的瞬間。

……但即使想當成無表情的角色來推銷，連位於眼前的毒舌學姊都比不過是一大痛處。

「誰叫霞之丘學姊在學弟妹之間就像傳說一樣，而且我也只聽過傳言而已……」

「對啊對啊，結果實際上她卻是嘴巴和個性都壞到極點、又以說謊為樂的人，妳作夢都沒有

想到吧。」

「看來你是渴望被我辱罵對不對，倫理同學？你這重度被虐狂的性子，真的是從以前就沒有改過。」

「妳聽，就像這樣！」

平時文靜寡言，不過那單純只是嫌講話麻煩，一開口冒出的就全是爭議發言和黃腔。

隱瞞作家身分的同時，腹黑性格始終外露。

只遠遠觀看的學弟妹對她感到崇拜，在身邊而挨中舌槍唇劍的同學和老師，則把她當成恐怖的化身。

這就是……

「沒想到，學姊居然會是安藝的前女友。」

「要是妳肯將我說的話聽進一些些，我想就不會導出那樣的結論了，加藤。」

「所以，結果你來做什麼？特地找我這個以前拋棄的舊愛。」

「拜託別再用前女友那套說詞損我啦，學姊～～」

這種前緣未了的女角色塑造起來，很容易破壞遊戲內容的均衡，在美少女遊戲中一向特別難安排，這個人卻一而再再而三……

「反正，你又要提那份美少女遊戲的企畫對吧？」

「什麼嘛，原來學姊都明白不是嗎？」

「畢竟對任何事都韌性堅強又不死心，是你最大的缺點，同時也是致命性的短處。」

「妳用那種句法，是不是要把其中一邊換成長處或優點才對？」

而且那台詞還是伴著「拿你沒辦法」的調調的微笑一起拋來，感覺有夠微妙。

「基本上，假如你是為了那個，也不用專程跑來這裡嘛……」

「其實是因為，我有一半的目的在於簽名會。」

「咦……？」

說著，像是就在等這一句的我，從口袋裡拿出小紙包。

「恭喜學姊，戀愛節拍器完結了……前前後後約一年半的時間，您辛苦了。」

「謝……謝你。」

於是乎，儘管我覺得自己這番賀詞也有些失禮，學姊卻貌似意外地稍微露出了發自本心的害羞表情。

這種細微舉止，會因為平時的冷淡而顯得並非只是普通可愛。

不過，會被這點落差拐到的傢伙，都是無可救藥的美少女遊戲腦。就像我。

「……等等，這是什麼造型微妙的美少女模型啊？」

「唔，我抽了兩次籤，結果都拿到C獎。」

「……是喔，謝謝你。我會珍惜的。」

「慢著，妳怎麼一說完就開始拆她的衣服？」

但學姊在下個瞬間立刻收斂表情，我也免得受她進一步的蠱惑。

「那……那個，霞之丘學姊，不對，霞詩子老師……」

「……叫我學姊就可以了。呃……記得妳是加藤同學吧？」

然後，也許是為了替氣氛肅殺的情景打圓場，也或許是她並沒有想得太多……唉，大概屬於後者的加藤，鼓起了一些勇氣和詩羽學姊攀談。

「恭喜學姊的作品出了最後一集。我昨天才從第一集開始讀的，可是因為好有趣，就一口氣全部讀完了。」

「謝謝，很高興能聽妳誇獎這部作品的內容空泛得一晚就能讀完五本。」

「那不叫誇獎，而且加藤也沒有那麼說啦。」

「還有，呃……謝謝學姊今天替我簽名。」

「啊，嗯……」

「其實我從生下來，是第一次拿到簽名……所以我會好好珍惜喔。」

「加藤同學……」

於是，面對加藤不畏挖苦而意外率直的表白，詩羽學姊難得讓人感到稍稍勢弱。

可是……

「不好意思，那本書還我。」

「咦，怎麼這樣？為什麼……」

「學姊，再怎麼說妳這樣也太……」

即使如此，加藤那番話還是沒能打動詩羽學姊嗎……

「我決定還是重簽一次。所以還給我一下，好不好？」

「咦，重簽是指……？」

「等等，這什麼簽名啊？字跡像蚯蚓亂爬，所以我之前沒注意到，但仔細一看妳幫她簽的是『賀東招二』嘛！」

我順便看了自己的簽名書，這寫的不是『Buriki』（註：《電波女&青春男》的插畫家「ブリキ」）嗎……

「算了，先不管那個。」

「什麼叫不管那個！我原本打算拿這個去和熟人炫耀，差點丟大臉耶！」

我實在沒發現她不只是嘴巴，就連手腳都這麼邪惡。

「謝謝妳囉，專程來我這種低銷量作家的簽名會。」

她心裡完全不那麼想，還厚著臉皮說出那種話……

「才不會呢。今天不就來了很多書迷嗎？」

「是……是喔？」

「嗯，對啊。」

換成明白那是在自嘲的我，就會隨口應付過去，結果誠實地反駁的加藤，是個比我想像中更純真善良的人。

唔，也可能單純是她不懂得替詩羽學姊接話，這我倒無法否認。

「再說，網路上好像也討論得非常熱烈耶。」

「是啊，那些人好像分成兩個女主角的派別，還相互抨擊呢。」

還不都是因為妳寫出那種糾葛不清的三角關係……

「沒有啦，他們對作品本身也相當稱讚喔。我還看到有意見認為，這是近年來最棒的戀愛喜劇耶。」

「謝……謝謝妳。」

「對……對啊。」

糟糕，每次聽加藤稱讚得毫不保留，就顯露出詩羽學姊和我的心有多汙穢。

「在那當中，我還找到一個好狂熱的粉絲網站……用筆名一搜尋就會顯示在最前面，所以學姊說不定也看過。」

「呃，妳說……粉絲網站？」

「唔……」

「那裡的站主是個叫ＴＡＫＩ的人，他寫的介紹文實在好熱情……對作品的愛都可以說是滿過頭了。」

「這樣呀，滿過頭的愛啊……」

「…………」

然後，詩羽學姊顯得越來越尷尬地瞥向我這裡。

「那個人太融入主角的想法，每出下一集都會改換心裡最愛的女主角喔。看起來就像對劇情入迷到搞笑的地步呢。」

「這樣呀，入迷得搞笑啊……呵呵呵。」

「啊……啊哈。」

「不過，他能碰到讓自己那麼熱衷的事物，總覺得讓我有點羨慕呢。」

「對呀，會讓人羨慕呢……呵呵呵。」

「啊哈哈哈哈。」

於是，我只能無奈地乾笑。

「像這樣，能讓讀者投入到那種地步，不就是這部作品力道足夠的證據嗎？……啊，這也是我向站主學來的說詞啦，啊哈哈。」

「呵呵……呵呵呵。」

「啊哈……啊哈哈……啊哈哈哈哈！」

「……有那麼好笑嗎？我剛才說的那段話。」

「不會，我覺得十分窩心喔？呵呵呵。」

「不……不奇怪不奇怪……啊哈哈哈哈，唉。」

是的，那些話真的很窩心。

和平時的加藤比起來，感情分外熱切而濃烈。

是的，簡直像御宅族的口吻。先不論這種形容是否算誇獎。

……只不過那段佳話的成立前提，羞恥得讓我叫苦。

「可惜最後一集的感想還沒發表就是了。我很好奇站主對最後那一幕有什麼感覺……」

「聽到沒，倫理同學？」

「不好意思，最近網站荒廢太久……過完這週我一定會發表。」

「…………咦？」

我們之間的尷尬度，在這個剎那達到最高峰。

「原來那是安藝你寫的網頁？」

「嗯……」

站主名稱TAKI就代表倫也．安藝，算是十分淺顯的字謎……倒不如說，單純是改成用羅馬拼音而已嘛。妳該發現才對啊，加藤。（註：安藝倫也的羅馬拼音是AKI TOMOYA）

呃，我知道這算強人所難，但我也是有羞恥心的啦。

「那……那麼安藝，霞之丘學姊和你是真的交往過……」

「等等，話題怎麼會跑回那裡？」

「可是這就代表，安藝你是霞之丘學姊的頭號粉絲吧？」

「變成狂熱粉絲就能和作者交往，那是御宅族才會有的妄想啦！」

「不過，要是添個在現實生活中彼此認識的設定，你不覺得真實感就增加了嗎？有種『那是什麼成人遊戲橋段？』的調調。」

「學姊，拜託妳別在自己涉身其中的狀況下起鬨……」

而且聽來像成人遊戲的話，那終究還是御宅族的妄想嘛。

還有妳好歹也是個作家，不要在現實生活裡追究題材真實感啦。

「不過，越聽越有以前發生過什麼的氣氛耶，是我多心了嗎？」

「以前稍微有點交集而已啦！我對作品稍微入迷，稍微寫了網頁，然後作者稍微剛好是同所學校裡大一歲的學姊而已。」

「嗯，第一次的時候你也說過類似的話呢。還強調稍微插前面一小截進去就好。」

「連一小截都沒有進去喔？不對，我根本沒講過那種話啦！」

喂，我已經不知道該全力招架哪邊了。

「如妳所見，御宅族男生在重要關頭就會變成軟腳蝦。加藤同學妳最好也要留意喔。」

「唔，所以這還是代表，你們——」

……應該說，來自右邊的炮火明顯比較猛烈。

奇怪，照理說學姊的立場應該和我相同，怎麼會變成這樣？

「創作戀愛故事，總需要囤積許多那方面的題材吧？畢竟在我的年紀，也累積不了多少人生歷練。」

「創……創作是這樣的嗎？」

「像這種時候，要是眼前來了個自稱熱情粉絲的男生，又熱切殷勤地談起自己，會對他傾心不也是在所難免？」

「我談的不是學姊本人，而是學姊的作品啦……」

三次元就是這樣才讓人討厭……

「況且聽編輯說，作品銷量受那個男生經營的網站影響而提高了三成，感覺這段感情也不是那麼讓人後悔，妳說對吧？」

「那……那個網站影響力那麼大嗎？」

「我討厭那種說法，感覺心機好重。」

這種藕斷絲連的感覺糟透了……

「事情大致就是如此，我這邊完全ＯＫ，可是倫理同學一到重要關頭就……」

「總之目前在場的角色並不是全部都滿十八歲啦！」

別說了，別再說了……再說下去就……

要是話題再往糟糕的方向發展，就會被編輯喊卡。

「追……追根究柢，處女或者在室男寫不了戀愛題材的論調，根本就是都市傳說啦！正因為處女和在室男對於沒體驗過的事懷著憧憬和理想，有那種意念爆發在作品裡面，才會無比地吸引在室男讀者啊！雖然我不知道處女讀者會怎麼想啦！就算有情場浪子對作品情節冷笑，理會他們只是浪費時間啦！還有作者如果是處女就能讓讀者有進一步妄想，那真是太棒了！要是改編動畫以後，連女主角的聲優也是處女，那簡直……！」

「安藝，安藝，你要去哪裡……？」

「差不多是編輯要來喊停的時候了呢……」

再談下去就糟了……！

「所以囉，加藤同學妳也要小心。」

「小……小心什麼？」

「這個男的，對妳可能也會殷勤個半年左右，但他的目光到了明年就會換到下一個女生……或者應該說，換到下一個包裝對象身上喔！」

「對不起對不起我會更新網站內容請別再散布謠言了。」

最後一集我明明是流了一公升眼淚讀完的，卻遭受這種對待……

「不過，他喜歡新奇事物、又擅長煽動人、又會裝熟、又糾纏不休、就某種意義來說也算優秀的同人投機客，不過換句話說，那就是為人差勁到極點的意思嘛。」

「再怎麼說，把我當同人投機客也太過分了……」

儘管優秀的同人投機客差勁透頂這一點，我倒是完全同意她的見解。

「那……那個，霞之丘學姊……」

於是乎，之前一直略顯困惑地聽著我們交談的加藤，總算開口了。

「呃，就這次而言，我想安藝他大概不會那樣……」

「加……加藤！」

而且，還是開口替我說話……

「為什麼妳會那樣覺得？有什麼根據能讓妳肯定：『誰叫他超愛我的～被拋棄的學姊好可憐唷～（笑）』？」

「求求妳，不要把各方面都搞砸……」

「沒有啊，基本上安藝他對我又不感興趣。」

「我那句話也是對妳說的，加藤……」

還以為她會幫忙推一把，結果並沒有那回事。

「為什麼妳會那樣覺得？妳就不會暗自猜想：『他真是的，對我總裝得一副沒有興趣的樣子，也太會掩飾害羞了吧～♪』？」

「咦，是這樣嗎，安藝？」

「妳不要坦然露出那種意外的反應。」

唉，我希望她至少能表現出：「討……討厭啦，你亂想什麼嘛，白痴！」的表情，不過加藤就是這樣……

所以，我對她一如往常的反應感到安心，順便也為了其他方面而嘆氣。

「那個，加藤同學……」

「什麼事？」

然而對詩羽學姊來說，那種「一如往常的加藤」似乎有點出乎她的意料。

「那妳為什麼要陪著他瞎忙？『來作一款以妳為女主角的美少女遊戲吧』，這完全是腦子燒壞等級的說詞喔？」

「那個，學姊……沒事，我想也不用說了。」

唔，話雖如此，不愧是學姊，惡毒的嘴巴絲毫不受影響。

「嗯，因為感覺還算有意思，而我也還算有空。」

「妳對他製作遊戲的熱情（笑）產生了共鳴？」

「為什麼學姊說到一半要刻意擺出笑容？」

「也不是那樣，但我可能並沒有霞之丘學姊或澤村同學那麼悲觀吧？」

「妳覺得，他的企畫會成功？」

「唔～～我不是很清楚……不過，既然有安藝的行動力，我也覺得說不定會有什麼有趣的成果耶。」

「那麼……妳信任他囉？」

「咦？信任安藝？為什麼？」

「我說啊，別在這種重要的節骨眼用可愛模樣吃驚啦。」

我希望她至少可以露出：「咦？這……這個嘛，妳白痴啊！我哪可能信任！我才不信任這種又蠢又好色又容易得意忘形的男生呢！」這種調調的表情，但即使不是加藤也無法指望吧。

「欸，倫理同學。這個女生似乎對你沒意思喔？這種狀態下，『我會將妳捧成女主角……所以接下來，妳知道自己該怎麼回饋我吧？呵呵呵』的作戰管用嗎？」

「我本來就沒有訂定那種作戰。」

「是喔……難怪我挑釁到這個地步也都沒有反應。換成某個青梅竹馬，就氣得徹底理智斷線了耶。」

「那個，冒昧請教一下，學姊說的青梅竹馬是……？」

「冒昧的話妳就別問了！」

那個時候，我頭一次覺得自己能理解，主審不得不向兩隊選手舉出黃牌的無奈心境。

※　※　※

「天色完全暗下來了呢……」

過了晚上八點的和合車站前，月亮悠悠地在大樓間升起。

那夜色，宛如《戀愛節拍器》最後一集裡，為三角關係作出了斷的那晚……

「欸，倫也同學。」

「…………」

「……倫也學弟？」

「…………………………咦？啊，叫我嗎？」

在此先聲明，剛才我反應變慢，是因為望著月亮而陷入感傷，絕不是今天第一次被學姊叫了本名的關係。

「你真的有意將那個女生栽培成女主角？」

「那個……嗯，對啦。」

和來程時相同，等待加藤去便利商店的這段空檔，我和詩羽學姊則熱絡地聊起目前人不在這裡的第一女主角。

「因為你鍾情於她？」

「咦？啊，對啊，嗯，沒錯沒錯。」

「……你那種極度敷衍的態度，十分令人不安耶。」

「呃，最初我確實有一見鍾情的感覺……可是……」

是的，所以毋庸置疑地才會催生出這項企畫。

只不過，總覺得我的心思在途中就跑到莫名其妙的方向了。

「換句話說，你單純只是想尋找慰藉……將自己『或許』喜歡上的女孩子栽培得魅力十足，才能讓你陶醉於自己正確無誤的審美觀，就是這麼回事對不對？」

「唉唷喂呀……」

我真的無言以對……

「嗯，不管怎樣，這麼下去我和澤村都不會幫忙的喔？」

「詩羽學姊……」

「對於你現在還來向拋棄的舊情人求救這一點，我並沒有感到不滿。只不過，所欠缺的東西太顯而易見了……」

「那段對話不特地講前半句就沒辦法成立嗎？」

再說事實上，我們根本打從一開始就沒有交往過。

要是照這樣下去，擁有「邪惡」外加「前女友」這項最強屬性的詩羽學姊，就會變成攻略的唯一選項了。

「可是加藤的本錢也不錯啊，只要想辦法確立她的角色性……」

「我說的倒不是那個意思。」

「那妳是指什麼……？」

「這個嘛，你們所欠缺的就是……」

下個瞬間，我的右耳被輕輕吹了一口氣。

「讓你們久等了～～……咦，霞之丘學姊呢？」

「……她說她要先回去。」

「這樣好嗎？」

「嗯，沒問題。」

結果直到離去之際，詩羽學姊始終邪惡、愛說謊、又滿口黃腔。

可是她真的在最後的最後，給了我由衷的忠告，以及機會。

「就一次的話，我願意再聽你談看看」，她如此作了最大的讓步。

「加藤……」

「嗯？」

所以，已經沒問題了。

「我會想辦法的。」

「安藝？」

詩羽學姊說的話，讓我刻骨銘心。

然而，關於那一點，目前仍無解決的著落。

所以，只能照以往的方式拚。

「所以妳別擔心。我絕對會讓這項企畫通過。」

只能由我來完成……

「啊，嗯……但就算沒辦法通過，你也不用介意就是了。」

「我覺得妳可以多為我的心思著想一點啦，加藤。」

另外，這之後……

在回程的電車上，我被坐在眼前座位的詩羽學姊持續瞪了一小時。

不管怎麼說，三十分鐘也才只有一個班次，會坐到同一輛電車也是沒辦法的嘛……

第六章 八月三十一日之男 #有自覺的創作者請回推

「呼啊～～～」

「……你看起來很睏耶。」

黃金週的前半假期結束，今天是夾在連假中間而變短的平常上課日，星期二。

我這並非在下課時間睡懶覺，而是在把握珍貴的睡眠時間，但卻被耳熟的粗嗓音打擾。

「還好啦，畢竟我徹夜沒睡。」

「搞什麼啊，你在連假中又整天打工？這一季打算捐獻給幾套作品？」

「很遺憾，我不是在打工。」

還有對方提到的捐獻，就是指我這季決定購入的動畫ＢＤ共有五部，因此遲早會需要打工沒錯……

「既然這樣，放假以後要不要去秋葉原？反正沒打工的話，你從早到晚都在消化動畫和遊戲對吧？」

於是，那句太不經意的話，差點讓我的怒氣一舉脫韁。

放假日從早上就關進房裡，在時鐘和手機都全部藏起來的狀態下，春風滿面地享受錄好的動畫和累積的遊戲，那種時光是多珍貴、多幸福的瞬間啊……

「辦不到耶，我沒有打工還是很忙。」

嗯，現在不是大談那種本質論的時候，所以得把話題應付掉就是了。

「什麼嘛，你最近很難約耶。娶新娘了啊？」

「為什麼你不懷疑是交了三次元的女友，劈頭就問二次元新娘？」

說著，我瞪向對方，順便也瞥了走廊邊邊的座位一眼。

「沒有啦，你交女朋友我也完全不介意啊。有那樣的女生就介紹給我認識嘛。反正倫也你要交女朋友，對象就是ＣＯＳＥＲ、志在當聲優的女生、或者腐女之類的吧？把她的朋友也一起約出來，我們辦個網聚嘛？」

「該吐槽的點很多，硬要選一個的話，我得說那叫聯誼才對吧？」

話說回來，我和加藤仍完全沒有被傳成班對。

直到上週前的兩個星期內，包含六日，我們每天都一起相處，而且在校內獨處時應該也被目擊過好幾次才對。

儘管我的喜好已經在全校面前洩底了，但沒傳出緋聞的原因絕對不只那樣。

換句話說，就某種角度來看，那傢伙身上也有不會造成話題的安全特質。

或者說，她缺乏某種讓人憂患的特質……

「哎呀，鐘聲響了。掰啦，倫也。」

「嗯，下次見。」

順帶一提，剛剛和我對話的同班同學並不是上次的喜彥，而是叫三好謙二。

在美少女遊戲中，只要沒有打算為角色一一安排站姿圖，要像這樣增加無關緊要的男性朋友也很容易就是了。

「舞台是在多次元奇幻世界的城下街……」

放學後的教室，由於天空被厚厚雲層籠罩而顯得陰森。

「然後，女主角是等著要出道的新進偶像……」

從窗外，亂響亮地傳來大粒雨滴打在操場的劇烈聲音。

「再說到男主角，他是自由攝影師兼經紀人……」

在滿是雜音而連些微聲響也聽不見的空間裡，我的嗓音幾乎全被掩蓋。

「啊，還有女主角是設定成在失去記憶而徘徊街頭的時候，被男主角撿回家裡過同居生活……」

伴隨我充斥著湊合感的說話方式，語句在脫口瞬間就被雨聲抹去。

「某一天，男主角從事務所的社長那裡接到命令，要將女主角當成偶像推銷出去，故事大致就是由這裡開始……」

「欸……」

「女主角的能力數值分成歌唱、舞蹈、外觀、氣質、毅力、魅力、道德等各個項目……」

「我說啊……」

「然後，依能力值的成長方式，結局時的職業也會有許多變化……」

「你停一下……」

「S級偶像自然不用說，還會被國王看上而成為公主，不過要是栽培的方式出錯，也會變成娼妓或騙徒，啊，當然也有和男主角結婚的結局……」

「可以閉嘴了啦~~~~！」

「唔哇，不要叫得那麼大聲。會對周圍造成困擾吧。」

「外面本來就吵得讓人完全聽不見你說話！」

「……也是啦。」

這個瞬間，教室閃過炫麗電光及劇烈的轟隆雷鳴。

有如與英梨梨的怒吼互相呼應，時機搭配得正好……

「總之我要回去了。這次花的時間也是無懈可擊地白費。」

「就叫妳等一下啦。畢竟還沒說明完的企畫像山一樣多……」

「反正你的企畫在這個階段早就兵敗如山倒了。」

「咦～～」

這之後明明還有地緣方面的協辦企畫、稀有卡片、轉蛋、付費系統等等連貫的吸金招式……不是啦，還有夢想接在後面耶。

「我還以為經過上次報告後會變得像樣一點……這份摻雜了各種新舊養成模擬要素，只是把內容抄襲過來的企畫書是怎麼回事？」

「我上次也幾乎都用抄的就是了……只有題材來源的類別不同而已。」

「你那別說當不了藉口，單純是在招認其他罪行嘛！」

好啦，這次又混了幾款遊戲的設定在裡面呢。

「話說回來……這次你著眼的部分還真偏向系統面呢。」

接著又換成詩羽學姊開口，她的語氣同樣顯得傻眼。

「唔……」

然後，英梨梨莫名其妙地變得不高興而沉默下來，這點也和之前一樣。

「呃，聽說學姊接了新連載，所以我希望減輕劇本方面的負擔。」

「不過，不值一提的企畫內容倒與上次完全相同。」

「……雖然我是替學姊那樣想的啦，看來是多此一舉。」

上週末，在臭罵以後露出溫柔笑容，用了讓人拜倒於羅裙的方式多給我一次機會的，確實就是這個人沒錯。

「上次感覺你是在晚上十點左右將企畫甩到一邊，這次感覺則是苦苦地和企畫搏鬥到了早上七點呢。看得出你是靠著深夜裡無法運作的腦袋來思考，內容才變得格外雜亂無章。」

「咦～～」

不過，結果那好像是為了再次恥笑一敗塗地的我，好滿足她的施虐慾。

「所以你打算怎樣，倫理同學？假如你要說，這就是把本身能力一磨再磨地逼到極限，渾身再擠也擠不出其他殘滓的力作，我倒可以再稍微認真地看看喔。」

「……我會再帶新的企畫來，請學姊看下次的成果。」

聽了性格惡劣又能力出色的人講出道理，為什麼會讓人感到這麼無奈……

我想著這些，一面也為了排遣自己的不甘心，正打算親手揉掉整疊企畫書……最後還是想到它能當作回收紙用，就收進包包了。

啊啊，都怪我沒把東西揉掉就中途作罷，反而累積多餘的壓力了！

「等一下，難道你還想讓我繼續奉陪？」

於是，這次又有厭煩的說話聲從另一個方向蓋過來。

「拜託妳啦，下次我就會帶最終稿來了。」

不過，雖然這邊這個也是性格惡劣又能力出色的傢伙，但由於她的頭腦條理不太分明，從這層意義來想心情就輕鬆了。

啊，我的意思並不是她腦袋差所以好應付。

「哎，就再奉陪他一次吧，澤村。反正妳放完連假以後，暫時也沒有要參加什麼活動，不是嗎？」

「我只不過是討厭被人逼著參加這種沒用的企畫，浪費掉人生中寶貴的時間而已。」

「換句話說，妳怕自己的人生被倫理同學弄得一團亂？」

「我才不怕！不對，我的人生並沒有低迷到會被這種笨蛋搞砸！」

「嘲弄妳的又不是我，把矛頭轉來這裡是怎樣……？」

真的，就是因為腦袋差才不好應付。

「……下次真的就是最後了喔？沒有再一次機會喔？」

「包在我身上。我以前騙過妳嗎？」

「以一星期前的ＤＶＤ為首，次數多得數不清。」

「將玩笑和謊話相提並論也太不解風情了吧，小英梨梨。」

「原來如此，所以剛才那句不是說謊而是玩笑話啊。這樣我就明白了，無論如何你都罪該萬死。」

唔唔，我覺得在小學時期取的十七種綽號裡，那是最可愛的叫法就是了。至少比杏鮑菇或者杏鮑子ｗｗｗ好聽許多。（註：英梨梨的日文發音「EIRIRI」與杏鮑菇日文發音「ERINNGI」類似）

「那麼，你要將最後一次機會的截稿日定在什麼時候，倫理同學？」

「……我會在連假中寫完，就在放完連假後第一天上課帶來。」

「好吧，估算起來是差不多。畢竟間隔得太長也沒用。」

說是這麼說，這個截稿日其實定得非常鬆。

畢竟社會上正在過黃金週。從今天到連假結束為止還有整整一星期。

要寫一份同人遊戲而非商業作品的企畫書，時間上是充分的。

「那麼，下次就約在連假放完……」

「啊，還有一件事，倫理同學。」

下定決心而準備走出視聽教室的我，又被詩羽學姊叫住。

「什麼事？」

「她今天人呢？」

「……唔。」

被問到這點，我稍微安了心，短瞬間卻也哽著聲音說不出話。

「啊，這麼說來她今天不在耶……那個叫什麼的女生。」

「妳們不是成為朋友了嗎……？」

我才慶幸加藤好不容易被她們認得了，英梨梨立刻又說那句。

「哎，的確，雖然我能理解澤村不想接受那個女生的心情……」

「啥？妳講什麼我聽不懂！基本上就是因為妳每次都血口噴人，我才討厭和妳講話！」

「欸，妳們真的……呃，我看還是算了。」

這兩個人的接點照理說應該只有我才對……所以我也不得不停止思考。

「啊～～好啦好啦，我記得她叫加藤，加藤惠同學～～請問妳在嗎～～？」

「聽說她在這段連假裡和家人出門旅行了……去北海道。」

要是還一一吐槽：「妳是小朋友嗎？」話題根本談不下去，因此我決定無視英梨梨那種態度。

「咦～～？怎麼啦？你們已經分手了嗎，倫理同學？」

「不，並不是那樣……也沒什麼分不分手的，我和她又沒有交往。」

「可是倫也，畢竟你從以前就是著迷得很快又容易膩的人渣嘛。」

「慢著，妳這是哪來的例子？」

「你一年前不就和某個輕小說作家……」

「澤村真的是滿會記恨的類型呢。」

「不對，是學姊把話題帶到這上面的吧……」

哎，先不管那些……

今天，這個地方，並沒有平時那個座敷童子在。

而明天、後天……一直到截稿為止，我似乎都見不到她。

※　※　※

「咦？什麼？抱歉，我聽不清楚。」

「妳那邊是札幌嗎？感覺滿熱鬧的耶。」

然後到了星期三夜晚。

從明天起終於要進入黃金週的後半連假，對我們來說，是五月裡最能開懷的日子。

「所以才聽不清楚嘛。那你說截稿日是什麼時候？」

「就說是下星期開頭啦，整個連假放完以後。」

「咦，那樣的話……」

「嗯，沒關係啦，重要的是妳該去玩個痛快。」

於是，和連假根本無緣的我，以及早就開始放連假的加藤之間，有段稍微兜不攏的對話。

「總覺得過意不去耶。在這種滿重要的時候，我卻和學校請假。」

加藤在電話中的聲音，交雜著當地喧鬧聲，不太容易聽清楚。

倒不如說，感覺我並沒有很努力讓自己聽清楚。

「那是所有家人都到齊的最後一次旅行吧？那邊才重要啦。」

從前天起，加藤就向學校請假，到北海道作為期一週的旅行。

由她今年夏天要成婚的姊姊提議，未來姊夫則負責出資，讓加藤全家作最後一趟沒外人參加的家庭旅行。

「再說，妳那邊的事情是從去年就定好的吧？」

「唔，嗯，也是啦。」

……這段溫馨故事，是我昨天從同學而非加藤本人口中聽來的。

「而我這邊的處境，是我昨天自己決定的，加藤妳在意也沒用吧。」

我們單純是照自己面對的處境行動罷了。

加藤根本、完全、絲毫沒有義務，要配合短短一個月前認識的朋友，攪和在這種頗不可理喻的私事上面。

「那個，你真的不要緊嗎？一個人來不來得及？」

「……所以妳為什麼要那麼擔心？」

「呃，安藝，誰叫你……」

可是，我卻覺得自己的嗓音無能得叫人生厭。

無能得讓加藤也發出擔心的嗓音。

「說起來，就算妳在這裡也幫不上忙吧？」

「啊哈哈，嗯～說的也沒錯啦～」

「…………」

短瞬的沉默，也顯得無能。

誘導話題而讓加藤只能那樣回答的，明明是我自己。

可是，聽了加藤照著預期答話時，那種一如往常的輕鬆態度，我有點……

「安藝？」

「嗯？怎樣？」

「你該不會……」

「是說我差不多該掛斷囉，因為我這邊還是有截稿日要趕嘛。」

「啊，好……不過聽到那種字眼，會覺得企畫終於開跑了呢～」

「沒有啦，這頂多只是決定企畫能不能開跑的一個關卡。」

「啊哈哈，那倒也是……我信任你喔，安藝。」

信任……是嗎？

『之前我也說過就是了，倫理同學……你啊，在說動我和澤村以前，應該還有件事要去做吧？』

『要做……什麼事？』

『就是讓加藤她也認真起來，不然就沒有意義了喔。』

不可以讓對方養成信任……依賴的想法，我記得學姊這麼說過。

『她最缺乏的不是角色性，而是動力。』

『哎，那確實沒錯。』

『……雖然我也認同，要將她做成角色確實是挺微妙的。』

『妳認同啊？連作家都掛保證了。』

『不過那種問題，某種程度內靠拚勁就能彌補不是嗎？』

『…………』

『我可沒有天才或者變態到，能讓本身不具意願的女主角發光發熱喔。』

那傢伙之所以沒有存在感，是因為她不打算展現存在感。

那種缺乏拚勁的隱憂，就藏在她太過配合的態度當中。

「我的意思是既然被牽連進來了，就該認真面對才行……你說對吧？」

「咦，學姊，妳那句話……」

『以前在某場活動上，某個笨蛋亂丟難題給我時，就說過這句台詞。』

『英梨梨……』

『哎，雖然從那時以後，我就發誓「誰要聽妳拜託的事情啊」。』

『這什麼啊？講得像溫馨小故事，其實卻只是劃清界線？』

輕易就被牽連進來，又什麼事都肯奉陪……

正因為費點力拉一把就會聽從安排，讓我都忘了，她自己並不會採取動作這一點。

「對了，我帶奶油夾心餅當土產可不可以？」

「我最愛那個了，所以麻煩買兩盒。啊，錢我會出，付其中一盒而已。」

「啊哈哈，了解……啊，不過這個食用期限才一星期喔？時間滿緊迫的耶。」

「最後一天回來時，再從機場買就好了吧？」

「啊～～……嗯，對喔。」

但不要緊……

原本我就打算獨力完成，也明白只有那樣才會有勝算。

所以在往後，也由我拉著她就行了。

畢竟，這項企畫起於我的一廂情願，因為這是用於滿足一廂情願的產物。

「那就掰囉，加藤……」

「啊！抱歉，我再問一件事就好。」

「怎樣啦？」

「安藝……你中意的，是我哪種地方？」

「……啥？」

於是，拖著不讓我自己了卻心事的加藤，宣稱有最後一件事要問，但她又講出了讓人摸不著頭緒的話。

「啊，不是啦，你有聽懂嗎？比如我做了什麼讓你覺得開心、做了什麼讓你覺得中意，啊，相反地，有什麼地方讓你覺得糟糕也可以說喔。」

「……妳其實正在住院嗎？即將面臨成功率只有二十%的困難手術？」

這是什麼即將和體弱女主角邁入普通結局的問題啊？

「唔，我倒沒有扯那麼戲劇性的謊啦……所以你覺得呢？」

算啦，就連我如此質疑也絲毫不顯得心慌，這正是加藤一如往常的調調，看來她問那個真的沒太大用意就是了。

「這個嘛……唔，和妳經歷的每件事都很開心啊，相當開心喔。」

這段日子裡，我們曾在咖啡廳閒聊、徹夜玩電玩遊戲、一起出遠門，經歷過好幾種照常理來想，都只像情侶剛開始交往時會做的活動。

那就像是噁心阿宅妄想成真後，所過的每一天。

我哪有可能不開心呢……

「那麼，你沒有不滿囉？」

「呃，但如果要我提一點需求的話……」

「要你提需求的話？」

「……我會覺得，是不是也可以添點緊迫感？」

即使如此，我還是吐露了一點點心聲。

不像平時那樣誇大其詞，僅止於簡單帶過的真心話。

「那個，換句話說，意思是希望我對你更壞心一點？」

「完全不對啦，基本上那種角色有兩個就夠了。」

「嗯～～……有哪裡不一樣嗎？」

「欸，加藤，所以妳問那個到底是……」

「算了，剩下的我自己想。」

「想什麼？」

「掰囉，安藝。」

「啊……」

於是，原本一直拖著不掛電話的加藤，唯獨在最後，卻忽然自顧自地將對話結束了。

……她說她要想什麼？

※　※　※

然後到了隔天。

進入後半段連假的星期四。

我們終於要正式捲土重來的日子。

標題：

　未定

……儘管，這天的太陽已經快要西下，筆記型電腦在我眼前顯示的純文字檔案，卻只有區區兩行進展。

此外，這段期間我躺到床上的次數是七次。

可是我憑著鋼鐵意志，就是沒有去碰會將動畫或遊戲啟動的惡魔遙控器。

……不過，相對地，我也因此讀完十本以上的漫畫就是了。

為什麼在這種時候，往往會挑以前理應讀過十遍以上，而且連台詞都徹底記熟的作品讀呢……？

標題：

　未定

作品概念：

序章：
本作的主打賣點：
角色設定：
　女主角Ａ（姓名未定）

天色變黑，一口氣有了五行進展。
……呃，我明白。只列出大項目的企畫書根本沒有意義。
但現在再焦急，腦袋裡也不可能冒出什麼點子。
原因很明顯，是我才剛吃完晚飯的緣故。
該流到腦部的血液全部集中在胃裡，現在要思考點子，完全是無意義的行為。
「因為如此，就歇個十五分鐘……」
所以，這時候該小睡一會來幫助消化。
在腦袋真正開始幹活時卻變得愛睏可不像話。
十五分鐘……不對，三十分鐘左右的睡眠，最能幫助腦部恢復清醒。
因為如此，一下下就好，晚安。

又到了隔天。

我們捲土重來的第二天，星期五。

「……奇怪？」

也就是說，我遭遇了一醒來日期就已經改變的衝擊性發展……

而且由於燈始終開著，感覺自己並沒有睡得很好。

倒不如問，為什麼我覺得自己比睡覺前更想睡了……？

「呼啊～～～」

因為如此，我打開網路瀏覽器幫助醒眠。

剛好到了平時巡視更新的時間，再說也有許多資料要查。

嗯，只要從現在開始打拚到早上，之前睡掉的時間應該就能輕鬆爭取回來。

「唔哇，四點了……」

也許我老神在在的這段期間，是稍微混過頭了點。

從巡視網頁更新，一直到逛完推特、２ｃｈ、還有NICONICO，排在後頭的則是瀏覽維基百科相關連結的旅程。

但這並非無用之舉，畢竟我感覺自己吸收了挺有用的資訊。

而且中途我也不忘切換到偽基百科吸收題材。

創作也會需要這些基本功。

哪怕現在沒有點子萌現，將來發起其他企畫時，肯定會派上用場。

……呃，儘管目前這種火燒眉毛的關頭該不該作這類累積，就是歧見所在了。

「好啦，要怎麼辦呢……？」

重要的是，得想想怎麼度過凌晨四點這種不早不晚的時間。

即使現在回頭去寫企畫書，也馬上就會天亮。

而在明天、後天都要繼續的漫長戰鬥裡，今天不過是個中繼點。

在這時候打亂生活步調，實屬下策。

「唉，只能硬逼自己睡囉……」

我躺到床上，關好燈。

沒錯，晚飯後小睡那時就是沒有關燈，我不會再重蹈覆轍。

閉著眼睛，我一邊迅速重新規劃明天以後的行程。

明天就在和平日上學相同的時間醒來好了。

然後中午前要將昨天的進度挽救回來。在下午銜接上今天的預定，入夜以前就讓行程重回軌道。

嗯，還是游刃有餘。

「什……麼……？」

為什麼已經過中午了？

怎麼都沒有任何人察覺……事態並無能夠如此提出疑問的餘地。

因為和平日在相同時間醒來的矢志，沒有反應在鬧鐘上。

不行，這樣真的快要陷入泥沼了。

「……出去活動一下吧。」

我甩過剛醒來而恍恍惚惚的頭，下樓到相隔兩天未見的玄關，穿起鞋。

得呼吸外頭的空氣，讓身體醒覺過來。

「喔，新刊。」

慢跑途中經過書店，就看見平台上宛如寶山一般地，堆放著四月底發售的雜誌及漫畫。

可是，這並非意料外的事態。

眼裡納入一些鉛字，說不定就能讓靈感湧現，這是出於冷靜的判斷。

正是因為如此，我才會像這樣，專程動身到隔壁鎮上沒有替漫畫加封套，而能站著白看的書店……

然後到了隔天的隔天。

我們捲土重來的第三天，星期六。

……截稿日以前能運用的天數，只剩兩天。

「唔哇啊啊啊啊啊啊啊啊啊？」

感覺明明只過了讀五頁小說左右的時間而已，不知不覺中卻已經過去兩天，這種衝擊自然是筆墨言詞所難以形容。

況且顯示在筆記型電腦螢幕上面的，與兩天前一樣還是只有亮麗的七行項目，更叫人情何以堪……

因為如此，接下來實在連逃避現實都無法容許了。

首先要關掉無線路由器的電源，堵住通向網路海灘的入口。

接著是陸續切掉電視和硬碟式錄放影機的電源，封閉走進虛擬世界的登山道。

然後再將床鋪和地板上堆放的動畫、電玩包裝盒擺開來（也可以說只是重現擱著幾個星期沒打掃的狀態而已），並把買好的瓶裝咖啡排到桌上，撤走誘人進入夢之國度的小船。

好，這樣就沒有退路了。

……哪怕光準備這些就花掉了約兩小時，但這也是必要措施，等截稿日一過，肯定就會變成可以笑著回味的往事。

所以囉，接下來就是最後的勝負……

「……好！」

深深吸進一口氣以後，我朝著這個房間裡僅剩的入口……往創作世界一頭栽了進去。

「啊哈，啊哈哈。」

於是，時鐘的日期顯示可喜可賀地變成星期一了……

總覺得星期日轉眼就晃了過去，不過那並不是錯覺。

簡單說，就是我整整兩天……四十八小時都窩在書桌前。

「啊哈哈哈哈！」

截稿日前還能運用的天數……還剩零點三天左右？

開啟在眼前的純文字檔案，別說至今仍未從七行字出現戲劇性變化……就連對人類而言偉大的第八行都還沒有踏上去。

不對，一行也沒有進展這種說法多少有語病。

文章曾經好幾次、好幾次增加，然後又在瞬間被刪除，周而復始。

換成以往的製作環境，揉成球的稿紙肯定已經在垃圾筒堆積如山。

「剩下……一個晚上……」

走到這一步，腦裡免不了會浮現我始終忌諱迴避的那個詞。

字音如毒品般甜美，名為「放棄」的那個動詞……

其實，現在還不是慌張的時候。

即使從現在著手也有可能來得及。

就實際作業量而言，要寫完一份企畫書，即使只有一個晚上也算充足的時間。

以前，我聽認識的人氣作家（詩羽學姊）提過。

創作這玩意兒，花下時間不一定就能想出好點子；相反地，就算時間不夠，也不見得只能交出品質低的內容。

在這世上，據說也實際出現過一夜完稿且有如神來之筆的企畫。

簡單來說，人的想像力沒有所謂極限或底標……到最後，寫不寫得出端看才能，說穿了就是這麼回事。

將這個理論反過來套用到我身上檢視以後……結果和剛才一樣，「放棄」一詞正慢慢地滲入我的腦袋。

在這一個星期內，我切身體會到自己並沒有才能。

我不只沒有像她們兩個人所擁有的那種創造性才能；就連那兩個人在「努力」這方面的才能，我同樣也沒有。

不對，或許也不是這一個星期內的事。

新學期開始前，在最初那段沖昏頭的時期裡，我終究沒有將情節大綱完成。

和加藤重逢，進而重新點燃一度消失的創作慾望時，完成的也是內容差勁得被英梨梨揉掉的湊合品。

而且，我找的合作伙伴更如加藤所說，是一組不合實際的陣容。

那兩個特質強烈又個性惡劣的人要怎麼相互合作，我根本無法想像。

……要想像她們倆和睦的模樣，更讓我覺得恐怖就是了。

再說再說……最重要的是，加藤本身似乎也興致缺缺。

像這樣，我的腦袋裡一下子，就被接二連三冒出的藉口所填滿。

光以文字量來看，早就超過企畫書的內容了。

走到這地步，總覺得我想通了……

要是我自己放棄，大家都會好過。

只要我放棄……

『安藝……你中意的，是我哪種地方？』

『……啥？』

『啊，不是啦，你有聽懂嗎？比如我做了什麼讓你覺得開心、做了什麼讓你覺得中意，啊，相反地，有什麼地方讓你覺得糟糕也可以說喔。』

我反倒想問。

加藤，妳會不會不開心？

和我相處，妳會不會覺得無聊……？

『那個……我是覺得，加藤妳啊。』

『唔……嗯？』

『妳算普通可愛耶。』

『謝……謝謝。可是總覺得好突然，不太像是真心的樣子。』

『嗯，我也這樣認為。所以麻煩妳忘掉剛剛那句話。』

『啊，可以加點其他東西嗎？我肚子有點餓了。』

『好啊，點妳喜歡的吧。今天全部由我請客。』

『不……不好意思囉，呃～……』

「……嗯？」

那是我幾天前的記憶。

和「坡道上的少女」非戲劇性地重逢以後，彼此心平氣和過了頭地在咖啡廳的互動。

可是，這種感覺，該不會……？

『那個……我是覺得，加藤妳啊。』

『唔……嗯？』

『妳算普通可愛耶。』

『唔？哪……哪有，等一下啦……咦……咦～？』

『也不用露出那麼反感的臉吧？我是在誇獎妳啊。』

『可……可是，一般而言，有人會對幾乎算初次見面的女生說那種話嗎？』

『啊～～講這種話果然會嚇跑女生嗎？』

『與其說是嚇跑，唔……』

『呃，我好像挺沒有神經的，不太懂女生那方面的想法。』

『嗯，是啊，感覺你真的完全不懂耶。』

『呃，話確實是我自己說出口的，但妳也不用當面認同嘛。』

『因為基本上，誰叫你從「露出反感的臉」就徹底誤會了……』

「奇怪？」

感覺稍微有點萌？

我只是試著把對話小幅度改動而已耶？

光是將我講的台詞，改得比較像純真的遲鈍少年一點。

光是將加藤的反應，改得比較青澀害羞一點……

「『也不用露出那麼反感的臉吧？』呃……然後我是怎麼改的？」

所以，我死命地追尋那個令我揪心的瞬間。

房間裡，響起久久沒有動靜的鍵盤聲。
相隔數日，螢幕逐漸被文字填滿。
什麼嘛，加藤……
只要下點工夫，妳不就變萌了嗎！

『我們約好了吧，加藤……還不要回去啦。』
『安……安藝。』
『拜託妳！』
『好吧，反正我和家裡說過今天說不定會比較晚回去，多待一下也可以。』
『還真的可以喔？』

這次，我重新問自己。
我問自己，為什麼會想將加藤打造成美少女遊戲的女主角……
我問自己，是不是打算將她改造成既可愛、角色又鮮明、讓玩過遊戲的任何人都會想娶來當『新娘』，而且是最受歡迎的女主角？
……這會不會是因為，加藤現在並不符合我心目中的形象，而讓我感到懊悔的關係？

和她的邂逅，使我感受到了命運性。

可是，那種命運性卻被她本身否定了。

所以，我才想在遊戲裡，復原那段與現實背離的命運……

『拜託妳！』

『…………果然還是……不可以。』

『這……這樣啊。抱歉，突然這樣亂要求。』

『對呀，好亂來。真不敢相信你會說出那種話！』

『可……可是加藤，我真的對妳……』

『我又沒有帶替換的內衣！』

『……啊？』

『也沒有睡衣、牙刷、吹風機……這樣明天早上會變得很邋遢耶！』

『呃，妳在講什麼？』

『還問我講什麼！女生有很多要準備的嘛！』

『可是要注重那些，拖再久也不會有進展……』

『所以……下次，你什麼時候會約我？』

『咦……？』

『過夜需要的東西，下次我會準備好帶來。』

『加……加藤？』

『所以囉，安藝……我是說，倫也你一樣要作好準備。』

『準……準備什麼？』

『準備……叫我「惠」呀？』

這樣啊……我現在終於明白了。

原來我失戀了，對象就是加藤。

因為她否定了我在心裡為她描繪的形象。

角色不鮮明、隨和、不會討好御宅族、卻又百般寬容……

她表現得像個太過理想的「朋友」，溫柔地甩了我。

『我說奇怪的是安藝你啦。』

『就跟妳說了，不可以當著本人的面說那個人異常嘛～～』

『又是人氣插畫師又是當紅作家……安藝你身邊怎麼盡是這樣的大人物啊？』

『不會啊，妳想想，加上沒有任何特徵的妳，不就取得平衡了嗎？』
『這種時候就不必提我了。還有你不用勉強拿我當笑點。』

所以，我才想在遊戲中，與不一樣的加藤見面。
靠著遊戲實現無法達成的夢想，以尋求慰藉……
什麼嘛，這完全就是創作的基本動力不是嗎！

『我說奇怪的是安藝你啦。』
『為什麼是我？』
『又是人氣插畫師又是當紅作家……還都是可愛的女生！』
『呃，先不論職業，可不可愛在這個節骨眼沒有關係吧？』
『但她們是女生這一點就有關係吧！而且你還一直瞞我到現在對吧。』
『就算妳這麼說，我只是作品的粉絲，和作家沒有牽連啊。』
『還有還有，她讀同校這件事，你們兩個都瞞著我！』
『我說過了嘛，那是對方希望我保密……』
『還有還有還有還有！倫也你讀這本書的表情！感覺又高興、又開心、有時又顯得好難過、好想

哭的樣子……你和我在一起的時候，明明都很少露出那種表情！』

『妳不要連作品都嫉妒啦……』

對啊……

我就是希望，能和加藤有這種害臊的對話。

雖然她在平常對話時保有她的本色也很有趣。不過，我更想和跳脫本色後的她來段情緒高張的對話。

我想要的不只是開心，我也想為對方操心。

我希望……能有更多心跳不已的感覺。

也希望她吃我的醋。

那樣子，實在爆萌的……

※　※　※

「……完成了。」

時間是早上七點。

窗外照進明亮的陽光，也聽得見早晨鳥囀的音效。

沒有啦，單純是麻雀在叫。

在這般和煦怡人而放完連假的星期一，東西終於完成了。

唔，東西是完成了，不過完成度奇低，或者說完全沒有理出企畫書該有的樣子。

畢竟，標題到現在還是「未定」。

類別也只有「戀愛ＡＶＧ」這樣一行過時的說明。

角色設定則是「以二年Ｂ班加藤惠為準」這樣一行比以往都敷衍的文字。

「寫好囉……！」

即使如此，對我來說那肯定就是「完成」了。

接在簡潔過頭的遊戲概念說明之後，企畫書內容轉了個彎，一連下去都是男女主角間的對話形式文章。

回家路上繞道逗留、放學後在教室進行社團活動、徹夜玩電玩、播動畫馬拉松、一起上學、放假時約會、車站前散步、在咖啡廳裡爭風吃醋、旅行途中撥長途電話、然後是相隔一週的再會及分享旅途見聞。

偶然相遇、不得要領的初次對話、平靜時光、一股勁長談的夜晚、恍恍惚惚迎接的早晨、比

過去稍微尷尬點的「早安」、惹人大發脾氣的三分鐘遲到、自然牽起的手、第一次落淚、相互衝突而帶來的落寞、相互衝突而產生的濃情……

在現實生活中，就連一項也沒有發生過的劇情事件。

只要有些許陰錯陽差，說不定就會發生的劇情事件。

在旁人看來，這完全是無聊透頂、光為自我滿足的對話內容。

可是對男女主角而言，那是毫不多餘又無可取代的閒聊。

能稱作「完成」的，只有那些範例文章。

即使就整體來看，也完全算不上遊戲企畫書。

可是，這樣就行了。

因為我能抬頭挺胸說出——這就是我想製作的遊戲。

「我出門了～」

結果我就這樣絲毫沒睡，比平常早了一小時出家門。

我很清楚自己只要稍微躺下就會一路睡死到傍晚，再說現在最重要的是盡早去學校。

因為，我想盡快讓那兩個人讀我寫好的情節大綱。

呃，有點不對。

目前，我想最先拿給另外一個人讀。

讀過這篇彷彿表明了「我把妳當意淫對象喔」，而且題材來源全都有跡可循的文章，那傢伙會懷有什麼感想呢？

……唉，反正像她那樣，也只會稍微嚇到而已吧。

而且說來說去，她最後肯定還是會給我「這樣應該也是可行的吧？」如此令人安心的反應。

那相隔一個禮拜不見的安心感與落空感，讓人莫名想念，於是我更加使勁地踩起腳踏車踏板。

接著，就這樣順路拐向左邊並且加速了一陣子以後，就會來到令視野豁然開朗的急轉彎下坡。

換句話說，那裡就是平時都會經過的偵探坡……

「咦……？」

然後，在開始騎下坡道時，我不禁發出驚訝之聲。

不是因為背後突然吹起強風。

也不是因為過了季節的櫻花花瓣飄落。

當然，更不是因為太陽太過鮮黃（註：法國作家卡謬的作品《異鄉人》當中，主角莫梭供述自己槍殺阿拉伯人的動機）……

飄落，著地，一路滾下……咚。

「………………咦？」

有那麼一個比太陽更大又更近，滾來停在我眼前的，白色圓形已知滾動物體。

「啊，啊～～！停住了！」

「……………咦？」

而從我的背後，傳來一陣在無風時全然無法乘風而抵的慌張嗓音。

「果然很難營造相同的情境呢。」

「啊……！」

停在路中間的——白色貝雷帽。

以及杵於坡道上的——物主。

「好久不見。我們……又碰面了。真的好巧，沒有啦。啊哈哈……」

「加……加藤？」

……她那綻於臉龐的——燦爛笑容。

「咦？原來你認得我啊……安藝倫也。」

儘管我試著叫了她的名字，也被她叫了我的名字……

可是，在那裡的加藤惠，和平時完全不一樣。

那副笑容、感覺帶著動人光彩的口吻，還有彷彿滿懷情意的話語內容。

不過這傢伙，肯定就是我認識的加藤……不對，她是當時的那個女生。

要不然，怎麼可能會有那頂從坡道滾落的白色貝雷帽、隨風飄曳的白色洋裝、還有……白色的……

「加……加藤？這到底……」

這到底是怎麼回事……？

是三天沒睡的我腦裡產生幻覺嗎？或者是耳熟能詳的櫻花精靈惡作劇？

「我跟你說，這是為了重寫……我們的命運。」

「重寫命運……？」

穿著白色洋裝的她，微微地偏了頭，撥起頭髮。

儘管，那與她平時的舉止不同。

不過，對現在的她而言，那樣的舉止卻格外合適。

「那時候好不容易有段戲劇性相遇，之後卻變得沒有戲劇性了，現在就是要讓那樣的我們，

來一次補考喔。」

「補考……」

重寫命運、補考……捲土重來、重試。

那讓我聯想到最近才在哪裡聽過的信念。

「讓我們來創造吧？我們兩個人的……接下來的故事……讓我們一起創造吧。」

這該不會……

「那麼，再從剛才的對話開始喔？」

說著，加藤在我面前轉了一圈。

裙襬輕靈搖擺，勾住我的目光、心跳、和呼吸。

「哦～原來你認得我……好高興喔，因為我以為自己根本不醒目。」

「啊，不會，沒有那種事……」

「我啊，也認識你喔，安藝倫也。」

「咦……？」

「……唔，不過這算理所當然的吧。誰叫你和我不一樣，是個知名人物。」

「…………」

這樣啊。

果然，這是為了……

「二年B班的風雲人物、沒藥救的固執個性、全校第一的人氣男……」

「……那什麼稱號啊？很糟耶。」

「啊哈哈，又不是我幫你取的。」

問題人物、死阿宅、笑柄……原來如此，端看要怎麼表述。

拋開直話直說的表達方式，替事情換個可以萌的角度。

「啊，對了……我得向你道謝。」

「不用啦，那麼費事……」

「來，你稍微蹲下好不好？」

「咦？這樣嗎？」

所以，我們要重寫命運。

為了演出一段理想的重逢。

「嗯～～再蹲下來一點。要和我的視線一樣高。」

「這……這樣？」

……沒錯，這些舉動，和我昨晚所做的相同。

「那麼，你把眼睛閉起來。」

「什……」

「快點！」

「好……好啦！」

而且，主角就是……

「…………」

「…………」

「…………」

「……喂，喂！加藤？」

「好！你可以張開眼睛了！」

「欸，所以這到底是要……」

「……噗！」

「噗？」

「不……不合適啦～～！」

「咦？咦？」

沿著加藤所指的方向……當我摸摸自己的頭，碰到的是毛氈的觸感。

拿到手上一看，那是我應該已經在剛才還給加藤的貝雷帽。

「啊哈哈哈哈！對不起，這樣即使是我，也沒辦法袒護你耶。」

「還……還用妳說！這是女用帽子啊！」

「呵呵，這麼一想的確是耶，呵呵呵呵呵。」

「妳……妳喔！笑過頭了吧！」

加藤拿回了戴到我頭上的貝雷帽，將帽子自己戴回去之餘，還一邊取笑著我。

「抱歉抱歉，那麼我得用其他方式致謝囉？」

「不，都說過不用那麼費心了……」

「不然我願意聽你的要求，什麼都可以喔。」

「……呃，咦咦？」

「……雖然我不能保證什麼都照做，但是會盡量配合喔。」

那使壞般的舉動、比平時更清澈的聲音、還有發自內心的笑容。

種種要素，都和太有妄想空間的提議相輔相成，我身上許多處要害，都因而被戳中。

「呃，等……等等，妳說得這麼突然……」

「那麼，再等你五秒喔。超過就失效。」

「咦～～？」

我完全被加藤……被女主角掌握步調了。

「四～」

「妳……妳等一下！」

「三～」

「都叫妳等了耶？」

「二～」

「就說我還沒有心理準備……」

「一～～～～～～～」

「……啊。」

「一～～～～～～～」

可是，當個一直被耍得團團轉的主角也沒意思。

「…………」

倒不如說，那樣子故事就無法往前推進了。

所以，這時候我一定要……

「～～～～～～呼啊！呼～～呼～～呼啊～～～～」

「……妳喘得過來嗎？」

「唔？」

看吧，故事並沒有準備時間到的選項。

「那我再確認一次，可不可以和妳許願？」

「……好，請說吧！」

「既然這樣，加藤……」

所以，面對那太有妄想空間的提議，我提出太有妄想空間的要求來回應。

「來我的作品當女主角吧。」

「咦……？」

「請在我製作的同人遊戲中，擔任第一女主角的藍本」這種不識趣的註釋就免了。

也不可以像平時那樣，將動漫梗玩得太過火。

只要向她表達出，我這要酷要得有點瞎的話語和心意……

「……這樣嗎……嗯，好啊。」

「加藤……」

道路（劇情線）拓展開來了。

「感覺那會很好玩呢，我好期待。」

「對啊……就這麼說定了，讓我們兩個完成有趣的成就吧。」

儘管加藤幾乎和當時一樣，立刻就答應了。

儘管我也明白，她這次的決斷是出於演技。

「以後好像每天都會過得很開心呢，倫也……唔，我可以這樣叫你嗎？」

即使如此，胸口受到的衝擊卻和當時差太多了。

「那我也可以叫妳惠嗎？」

「你的話……還是先叫我加藤吧。」

「為什麼？妳可以直呼我的名字，我怎麼就不行！」

「因為……也有別的女生叫你倫也，所以那倒沒有關係，可是並沒有其他男生會直呼我的名字耶。」

「不管，男女平等。我絕對要叫妳惠。」

「咦……咦～～？」

「要是妳無論如何都不想被我直呼名字，那我就不叫。可是那樣的話，妳也還是叫我安藝就好。」

平時的我，會覺得她很萌。

今天的我，則對她感到心動。

「……你很壞心耶，倫也。」

「感謝妳積極正向的答覆，惠。」

和加藤如此共度的一刻，快樂得幾乎讓我心臟破裂。

之前我希望彼此間能這樣相處，可是我們卻無法實現。

……所以我才會想在遊戲中實現這種對話，而我們就在這裡辦到了。

「那契約就這樣定下囉？以後也請你多加指教，倫也。」

「那麼，我們該有個定下契約的證明……」

「咦？咦？」

接下來，還有我希望在遊戲中實現的劇情事件……

「惠……」

幾乎在零距離下對彼此笑著的我們，又近一步貼近。

是的，直到不需要「幾乎」這個詞修飾為止。

「咦，不會吧？這和說好的不一樣……」

「和誰說好的不一樣？」

縱使和說好的不同，那也沒辦法。

「因……因為她們說，安藝你絕對不會對三次元產生遐想……」

誰叫我現在身上，多添了一筆在這個瞬間所想到的角色設定。

「一下下，只要一下下就好，前面一小截而已……不是啦，親一秒鐘就好了。」

「親一秒鐘也完全是親啊？」

有點不講理、有點愛撒嬌，而且也有點……好色。

與我似像非像……也許啦，典型的美少女遊戲男主角性格。

「所以囉，好嘛，把眼睛閉起來。」

「咦？呃……唔耶？」

不過，要說沒辦法也是沒辦法。

畢竟我三天沒睡了。

因此，該怎麼說呢，就算妄想稍微失控也是可以被原諒的吧……

「什麼叫親一秒就好啦？你這差勁透頂的主角~~~~~~~~~~！」

「唔嘎啊啊啊啊啊啊啊啊啊！」

那陣怒罵傳來的同時，我的脖子受到強烈衝擊，耳裡也聽見尖銳剎車聲。

唉，能飆著腳踏車全速衝下這座陡坡，還順勢用金臂勾扁人的傢伙，頂多只有和我一樣從小就住在這座鎮上的鄰居……

「對不起，加藤同學。沒想到他會是這麼不知分寸的正牌禽獸，事情有點超出我的估計。」

而口氣彷彿參透一切，又說得出這種聳動比喻的，頂多也只有某個時時追求新穎題材及詞彙

的毒舌小說家……

挨中各種攻擊之餘，我的意識緩緩地淡出了。主要是因為睡意。

另外在我昏倒前，眼簾裡所看見的惠……也就是加藤，似乎正用力閉著眼睛。

……真的，妳配合度未免太高了吧？

終章

「來，我將手帕沾濕了。」

「喔，謝啦。」

離我被擊倒的現場不遠，位於坡道中途的公園。

我人躺在那裡的長椅上，被加藤照料著。

「我還買了咖啡過來，要喝嗎？」

「能選的話我會想喝紅牛能量飲料。」

「便利商店要到坡道下面才有，將就點。」

她主要並不是照料金臂勾造成的傷害，而是關心睡眠不足這方面。

「唷咻……欸，你躺過去一點啦，安藝。」

「唔唔，我的腿會伸到長椅外面。」

「伸出去一點沒關係嘛。」

加藤將躺著的我稍微推開，擠到我旁邊坐了下來。

在這時用「因為很擠」的理由讓女方提供膝枕，是美少女遊戲裡構築劇情事件的基本程序，但是已經恢復神智的我，以及演完戲的加藤自然不會那樣做。

是的，加藤演完戲了。

還在我心底留下了莫大的混亂與萌感。

「欸，加藤。」

「嗯～～？」

「所以，妳為什麼要那樣做？」

「想要貼過來的明明就是倫也……不對，明明就是安藝你耶。」

「我問的不是最後的爆點，是導致事情變成那樣的經過啦！」

……話雖如此，言行裡還留著一絲演技的加藤，又讓我覺得有點萌。

「那種個性的我，並不是我自己想出來的喔。」

「這我知道。加藤妳原本的角色性全都不見了。」

「……呃，被你說得這麼直接，心情會覺得很微妙就是了。再說那姑且也是我演的。」

言行舉止奇怪得從一開始就能看出來。倒不如說，當時加藤全力演那齣戲，前提就是要讓我察覺。

而且被察覺以後，她還打算拖我入戲，那種演技的目的並不在於耍弄人。

是的，性質就像自我表述、或者試演會一類……

「擔任角色設計的是澤村同學……哎，臉實在不可能換掉，所以她只有幫忙打點服裝和髮型就是了。」

「那套洋裝……」

「嗯，我把當時的衣服從衣櫃裡找出來了。」

「加藤……」

「可是不只這樣喔，澤村同學還專門配合安藝你的喜好作了設計耶。她說概念是：『裙襬要更短、更多荷葉邊、更像二次元！』」

「英梨梨喔……」

先不管她那針對御宅族所動用的小聰明，像這樣近距離地朝加藤目前的穿衣搭配一端詳，不能不對那傢伙身為角色設計者的手腕之高而結舌。

洋裝的裙襬被改得更短，連當時沒穿的白色及膝襪都加進去了。

而且仔細一看，白色及膝襪在大腿部分附了蕾絲花樣，還更加強重點綁著黑色緞帶，將絕對領域的資訊量大舉加強過。

不愧是澤村・史賓瑟・英梨梨……為了在萌系業界榨錢而生的女人。

「然後，負責劇本和演技指導的則是霞之丘學姊……出自在職輕小說作家，霞詩子的手筆耶。」

「嗯，想來應該是那樣。」

我雖然知道那個人曾在話劇社客串寫劇本，不過，原來她也寫得出這種即興劇作啊。

「學姊很厲害喔。每句對話都設計了好幾種選項，一天就寫出支線非常多的劇本了耶。內容有五十頁以上喔。」

「是喔……」

請對短短一週就寫出近十頁企畫書的我來句評語。

「而且她還叫我一天就把那些全部背起來……要是背錯，她還會生很大的氣耶。」

雖然我參觀過話劇社排演……這傢伙，還真能挺得過那種折磨啊。

明明連話劇社都有三個社員撐不了。

「不過，我今天發現更厲害的一點了……安藝你的反應，幾乎都順著學姊安排的選項耶……」

呃，除了最後那段以外。」

「原來，我完全被操控在手掌心啊……」

與其說是作家，那應該是心理學家才會帶來的恐懼感吧……

「所以囉，策劃今天這件事的就是她們兩個，她們說這類似於接下來要製作的作品體驗版。我不太懂意思就是了。」

「體……體驗版？」

換句話說，加藤本人這次參演的真人版內容，還得附註「※以上為研發中的遊戲畫面。會有不經預告而變更設計的情形」嗎……？

「她們說只要安藝你上鉤，八成就能拐到大部分的御宅族。」

「啊，是喔。」

我在測試市場反應方面這麼受信任啊……

「嗯，就這樣囉。真是太好了，安藝，她們兩個都願意加入社團。」

「妳還說什麼好不好的，這不對吧……」

「咦～～為什麼？之前你明明那麼拚命想邀她們加入。」

「因為妳還沒說清楚……女主角加藤惠，是做了什麼？」

「咦？我嗎？」

「對啦……妳到底是用了什麼魔法，別說讓她們倆這麼乾脆地就入伙，而且還忽然作出遊戲體驗版喔？」

我知道英梨梨和詩羽學姊都真的很忙。

而且我也知道，如果接商業性質的案子，她們都是酬勞從幾萬到幾十萬圓不等的人物。

可是，角色性這麼淡薄的加藤才稍微拜託，她們就願意無酬幫忙……

呃，雖然這跟角色性淡薄與否無關就是了。

「嗯～我也不是很懂，但我隨口一拜託，她們就爽快答應幫忙了喔？」

這是怎樣？根本的癥結在於男女歧視嗎？

「我倒想問，妳是什麼時候、在哪裡、怎麼和她們拜託的？」

如果要我效法以前的推理類美少女ＡＶＧ來說一句，加藤的行動無論怎麼想，不在場證明都顯得很詭異。呃，效法現在的推理懸疑劇也可以就是了。

「妳不是去了北海道嗎？到昨天才回來。」

「啊，啊～那件事嗎？」

還哪件不哪件的，妳明明說那是全家人到齊的最後一次旅行。

所以我才會說，就算加藤不在也不用擔心任何事。

「其實，基本上呢，事情大約五天前就談妥了。」

「妳說五天前，可是妳那時候……咦？」

我記得，那是我下定決心要一個人努力的時候。

換句話說……

「打電話給你時，其實我已經在羽田機場了。」

「……什麼？」

對了，講那通電話時，從她身後傳來的嘈雜聲音……

北海道哪可能會有那麼熱鬧的地方嘛。

……不，這對北海道居民是太失禮了。

「從簽名會回家那時候……總覺得，安藝你看起來好像碰壁了。」

「那是……」

是因為詩羽學姊點出了我們社團的問題所在。

「然後我就擔心，就這樣放連假的話，會不會不太妙。也開始在思考，起不了作用的自己，能不能幫上些什麼。」

學姊說，最大的問題就是加藤並沒有認真……

「然後我就回來了，結果發現安藝你好像正在專注工作。所以我就想企畫那部分交給你，自己則試著在其他方面採取一點行動。」

「所以，妳去找了她們兩個？」

「嗯，我又試著拜託了一次。到最後，就突然被她們要求幫忙準備這場戲了。」

「這樣啊……」

「哎，除了演戲以外，我幾乎都是負責處理雜務就是了……啊，不過我還是有出到主意喔。應該說，我也有幫忙設計安藝你喜歡的情境。你看，像當時的那套洋裝、帽子、坡道……」

加藤那時候問的「中意我哪種地方？」，原來是運用在這裡啊？

的確，我就是因為那個情境才會意亂情迷。

不過，既然這樣，那兩個人是什麼時候……？

「啊，對了對了，其實我的手機，在剛才一直都是和澤村同學接通的喔。所以那段對話，全都被她們兩個聽見了……」

「…………」

當加藤出現在那兩個人面前時，她們大概就明白，自己所擔憂的問題已經輕鬆解套了吧。

「所以澤村同學那時候……唔，安藝？」

「咦？」

「怎麼了嗎，你在發呆耶？還很睏？」

「沒有……」

所以，她們才會願意幫忙。

她們認同的不是認真起來的我，而是有意認真推動企畫的加藤。

到頭來，她們居然照著我的理念，做出了水準遠遠超出我的劇情內容。

……唔，雖然這代表我沒找錯人選就是了。

「不管怎樣，這下子企畫終於可以啟動了耶。」

「雖然也才剛起步啦。」

「重要的是，我到現在還是不太清楚要做什麼。」

「畢竟我只有規劃出大方向嘛。」

「你說要我當角色的幕後人物，是指聲優？角色的藍本？……還是要用動作擷取系統投影我的動作？」

「不要緊啦，加藤，妳一定辦得到……」

「我用得好動作擷取系統？」

「偶爾讓我講正經話啦。」

「就算你那麼說，聽一個在以前總是批評我角色性薄弱、又瞧不起我的人開口保證，我也不會有自信耶。」

「沒有，這次的事情讓我明白了……其實，我對妳……對妳……」

「咦……？」

「對妳這樣的角色感到超萌的啦！」

「……啥？」

「假如有妳的角色周邊商品，我會想全部收集起來！」

「…………」

「假如有妳的角色抱枕，我會想每天抱著睡覺！」

「……那個，為什麼你反而要把心思放在商品上面？」

「沒有啦，那樣比螢幕裡的角色要立體吧。」

「啊～～對喔～～說的是耶～～」

哦，好久沒看到這樣淡白的加藤。

嗯，久久看一次這樣的她也很不錯。角色安定度果然出色。

「好啦，我也清醒點了，那我們到學校吧。」

「啊，對了安藝，這是北海道土產。」

說著，加藤從包包拿出來的，是北海道知名點心——丸成奶油夾心餅。

正如我之前要求的，她帶了兩盒。

「還有，其實這是在上個星期三買的，所以食用期限到今天而已……」

上星期三，是加藤提前四天讓北海道旅行告終的日子。

這表示如果要追究食用期限迫在眼前是誰害的……

「一個人實在沒辦法在今天以內吃完兩盒耶……」

「對……對喔，抱歉……」

「所以啦，加藤，我們從現在就翹課，到我家一起吃吧。還可以一邊悠悠哉哉地玩電玩。」

「咦咦咦咦咦～～？那樣不行啦！會一路直通虛胖耶！」

「……妳最擔心的是變胖啊。」

話雖如此，這傢伙平時還是太好說話了啦。

※　※　※

「…………」

「……妳別再依依不捨地重覆回頭了，澤村。」

「那兩個人，今天會乖乖上學嗎？」

「誰知道。畢竟剛才戲演到一半，他們也完全跳脫劇本，跑進兩人世界裡面了嘛。」

「……唔。」

「要是那麼介意，之前妳別幫忙不就好了？」

「啥？妳那什麼意思？我才沒有……話說也不是介不介意的問題，根本來講，那跟我又沒有關係。」

「妳要是不改改那種在緊要關頭逞強的脾氣，將來說不定會後悔喔？」

「我早就後悔了……千不該萬不該的就是和霞之丘詩羽參加相同社團。」

「這麼說來，妳之前回絕了替我那部新作畫插圖的工作，對不對？」

「基本上，妳幹嘛把工作派給我啊？」

「那還用說，當然是因為妳的畫符合潮流，同時卻又沒有商業領域的經驗，誠然是值得爭取的新進插畫家啊。人格和投不投緣我完全沒有考慮。」

「唔……我明明每次都說過，我最討厭的就是妳那種部分。」

「算了，不提那個，這個社團未來會怎麼走呢？」

「企畫會因為所有成員的行程和方針還有拚勁都配合不上而中挫，我投這個一票。」

「社團會因為帶頭者和所有成員形成多角關係而半路瓦解，我投這個一票。」

「我都說和我無關了吧！那種消費型御宅我又不感興趣。」

「脫胎換骨成生產型御宅的他太耀眼……」

「真要說的話，沒有能耐在閘口前擺攤的男人（註：在同人販售會活動中，閘口前的攤位是留給客人最多的社團，好讓購買的隊伍直接從門口拉到會場外），就無法讓我感興趣。」

「別說不排斥御宅族了，其實妳從一開始就沒有將現充列為交往的候補對象，這就是澤村英

梨梨這個女孩子面臨的兩難。」

「妳不要因為一時興起就對別人的角色特質進行追蹤啦。」

「就算妳那麼說，誰叫妳那種個性讓人覺得有趣得不得了。和加藤同學比起來要好懂許多、也好寫許多。」

「喂，不要拿我當藍本！」

「咦～～可是我在下一部作品裡，已經把妳安排成女主角的情敵了耶。」

「而且還把我寫成被甩的角色喔？那種角色妳用自己當藍本就行了吧！現實中被甩的明明就是妳！」

「啊，不過在我的作品裡，我也不確定誰會和主角配成對耶……」

「和妳根本就談不下去……再見，我要先走了！」

「等一下，澤村，用後座載我到車站嘛。」

「才不要，腿會變粗。」

後記 ——如何留下**不起眼**的局——

各位讀者幸會，我是丸戸史明。

這次我有緣在Fantasia文庫執筆，懇切希望大家往後也能繼續給予指教。

那麼，請容我稍微自我介紹，在這個業界我屬於徹頭徹尾的新人，而以往的主戰場，則是在本作《不起眼女主角培育法》屢次當題材談及的「成人遊戲」，也就是以十八歲以上為客層的遊戲。

不過，也因為如此，適逢這次工作之際，富士見書房的責任編輯曾惠賜這樣的建言：

「丸戸先生，輕小說與你以往工作時所面對的年齡層並不相同，這部分要請你多留意了。」

「嗯，這我當然了解。」

「讓我琢磨一下，大致上，得請你將主要客層的年齡，預設為過去面對的玩家的一半。」

「九……九歲嗎？」

「你以往根本不是寫給十八歲讀的吧！」

「咦～～」

那時候，我才頭一次得知，外界是用「三十禁作家」這般大叔味濃厚的綽號稱呼自己，不過既然已像這樣離開本身的主場，決心挑戰名叫輕小說的未知領域，事到如今為了顏面也由不得我退縮。

所以，我訴求於比以往年輕而清新的感性，目標是寫出沒有老頭味，而且對九〇年代及昭和題材都更加節制的作品……三天以後我就遭受挫折了。啊，編輯曾困惑地對我表示：「這年頭沒有人會提純愛〇札吧……」這一點同樣非得寫出來才行。

於是到最後，我冷靜分析完自己辦得到以及辦不到的事，理直氣壯地認為：「只要追求不受時代左右，任何人都能讀出樂趣，並且穩健又普遍的趣味性不就好了嗎？」而寫出了這本作品，不過要是被人質疑：「那你這篇故事哪裡能體會到那種卓絕的意志和眼界和理想？」我也只能噤口含淚低下頭而已。

呃，純愛〇札現在玩還是很有趣喔，我說真的。

接下來則是謝詞。

深崎暮人先生。儘管不知道是出於什麼樣的奇蹟或奇想，我沒有想到能將你請來這部作品的行列。誠摯感謝你提起彩筆為本作增色。多虧如此，行銷重點才能全部放在插圖上，我也得以無後顧之憂地照著本身喜好、實際利益、以及苦澀的真實體驗盡情揮灑。我會一輩子追隨你。

萩原編輯。這次在許多方面受教了，真的非常感謝你。有你在用來取書名的靈感備忘錄寫下「不起眼的標題方案」，才決定了本作的方向性。這份精神不只用於作品標題，也發揮在後記了。我會一輩子追隨你。

還有……願意展書一閱的各位讀者……我也會一輩子追隨大家。

若是這次的作品，有什麼部分讓各位讀出樂趣，或者留下印象，希望下一集以後也能繼續得到各位指教。呃，雖然能不能繼續出書我就不清楚了。

二〇一二年，初夏。

丸戶　史明

Kadokawa Light Novels

約會大作戰DATE A LIVE 1~5 待續

Kadokawa Fantastic Novels

作者：橘公司　插畫：つなこ

輕小說史上最快動畫化作品!!
災害源頭之「精靈」，僅有消滅或與其約會一途？

士道因參加高中的教育旅行來到了或美島，並在當地遇見了兩名精靈。八舞耶俱矢與夕弦為爭奪正牌精靈的寶座，擅自決定誰先攻陷士道的心誰就獲勝！為了將她們從殘酷的命運中拯救出來，士道必須讓她們同時迷戀上自己！

各 NT$200~220/HK$55~60

台湾角川

Kadokawa Light Novels

喪女會的不當日常 1 待續

Kadokawa Fantastic Novels

作者：海冬零兒　插畫：赤坂アカ

就算沒人愛，
還是可以改變世界。

「讓校園生活更加充實、脫離頹喪的善男信女協會　社」，簡稱「喪女會」，目的是歌頌青春！成員有青春傻大姊千種學姊、化學實驗狂繭、暴力女有理、重度百合雛子，以及偽娘花輪廻。直到遇見那名少女，輪廻才發現自己其實一直過著「不當」的日常──

台湾角川

NT$190/HK$50

Kadokawa Light Novels

鳩子與我的愛情喜劇 1~2 待續

Kadokawa Fantastic Novels

作者：鈴木大輔　插畫：nauribon

《就算是哥哥，有愛就沒問題了，對吧》作者最新作！
求婚對象VS.青梅竹馬未婚妻！難為的愛情抉擇!?

為了能夠成為平和島財團的繼承人，平和島隼人每天都向女僕鳩子學習帝王學。但自從他對鳩子進行求婚，並從鳩子口中得知，青梅竹馬的杏奈其實是自己的未婚妻後，他的生活也變得更加混亂啦——誘惑無比的直球愛情喜劇第二集登場！

各**NT$180/HK$50**

台湾角川